悪役好きの転生令嬢は
ラスボス皇太子との溺愛エンドを目指します

逢矢沙希

Illustration
敷城こなつ

gabriella books

悪役好きの転生令嬢は
ラスボス皇太子との溺愛エンドを目指します

contents

序章　思い出しました、倒れました

その瞬間、私の頭の中に鮮やかに蘇《よみがえ》ったのは、もういつのことか判らないけれど確かに私自身だと理解できる前世での記憶だった。

そう、私、オクタヴィア・ラ・コンチェスターにはここと違う世界の【日本】という国で生きていた人生があったのだ。

そこで私はごく平凡な人生を歩み、三十を間近にして予期せぬ事故に遭ったらしい。

コンビニから外に出た途端に突っ込んできたトラックに轢《ひ》かれたんだと思う。

全身に強い衝撃を受け、周囲の人たちの悲鳴が聞こえたところまではなんとなく思い出せたけど、それ以降の記憶が殆《ほとん》どないのは、きっとその後死んでしまったからだろう。

でも今は前世の記憶をゆっくり思い出すよりも、現在の私が置かれている状況を理解する方がよほど重要だ。

「本日はようこそお越しくださいました、皇太子殿下。お忙しい中、娘のためにご足労いただきましたこと、深い感謝の念にたえません」

私の目前に立っている人に向かって、父であるコンチェスター公爵が恭《うやうや》しく臣下の礼を取る。

その父の隣で私は殆ど直立不動のまま、目の前の【皇太子】と呼ばれた人を見つめていた。

否、見つめていたという表現はちょっと違う。目を逸らせなかったという方が、より現状に近いかもしれない。

その青年は素晴らしく恵まれた容姿の持ち主だった。

短く整えた、黄金のように煌《きら》びやかな金髪はシャンデリアから注がれる灯《あか》りを弾き、まるで王冠のように輝いている。

スッと通った鼻筋も、薄く結ばれた唇も形良く、余計な脂肪をそぎ落としたようなシャープな顔の輪郭が男性らしい、誰もが見惚《みほ》れるほどの文句なしの美貌の持ち主だ。

白と金を基調とした、その身分に相応《ふさわ》しく上等な手の込んだ盛装の上からでも、長身の身体が鍛えられ、素晴らしく引き締められていることが判る。

大半の人は一瞬なりとも目を奪われるほど端正な、男らしい顔立ちの青年だけれど、それよりも先にぎょっと心臓を鷲掴《わしづか》みにされるような衝撃を受けたのは、彼の切れ長の目を彩る鮮血のように赤い瞳が原因だろう。

にっこりと微笑《ほほえ》めば誰よりも麗しい人なのに、細くつり上がった眉や、気難しげに常に眉間に皺《しわ》を寄せている様子は彼の凍えそうなほどに厳格な気性を表しているように見える。

一歩進む毎《ごと》に自然と周囲の人々が波のように引いて、彼のための道を空ける。

その中央を悠々と歩く姿は、金色の毛並みが美しい黄金の獅子《しし》のようだ。

その獅子の深紅の瞳に見つめられると、充分な距離が空《あ》いているにも関わらず、今にも喉笛を引き裂かれそうなほどに鋭い牙を向けられているような気分になる。

機嫌次第でいつでも簡単に命を狩ってきそう。そんな冷ややかな赤い瞳の持ち主を、私は知っていた。

それと共に彼の下で私がこの先どんな人生を歩み、そして近い将来どうなってしまうのかまでも。

「これ、オクタヴィア」

後ろから小声で母である公爵夫人が咎《とが》めるように私の名を呼ぶ。

この男性に不敬のないようにきちんと挨拶をしなくてはならない。

貴族の高位令嬢らしく優雅なカーテシーと穏やかな微笑を浮かべて、わざわざ私の誕生日パーティへと足を運んでくれた人にお礼を言わなくてはならない。

それなのに、私は突然蘇った記憶と全身を縛り付けるような強烈な恐怖を前に、身じろぎすることも声を出すことすらできずにいた。

怖い。怖いのに、目が離せない。

その代わりに出てくるのは全身を襲う冷や汗だ。大して暑くもないのに、だらだらと汗が珠《たま》のように噴き出して額を、そして背筋を濡《ぬ》らしていく。

カタカタと全身が小刻みに震え、止められない。

きっと私は今にも死にそうなほど真っ青な顔色で強《こわ》ばった表情をしていることだろう。

「……随分と気分が悪そうだが？」

その顔色の悪さは、普段私の様子になどまったく興味がないはずの彼……この帝国の皇太子であるシグベルドにさえも知られるほどだったらしい。

実際に私の体調は最悪だった。

シグベルドが現れるまで絶好調だったはずなのに、予定外の彼の訪問を知らされ、その姿を目にした途端に最悪になった。

だってそうでしょう。誰がご機嫌でいられるというの？

この人、何年か後に私を殺す人よ？

すうっと意識が遠くなる。

周囲で人々がざわつく声が聞こえてきた気がしたけれど、その声は随分と遠くから響くようで誰が何を言っているか判らない。

己の身体を支えることもできず、ぐらりと無様に傾く私を、ほんの少しも表情を動かさないままの鮮やかな赤い瞳が冷ややかに見つめている……そんな気がした。

第一章　推しが尊い、しかし命は惜しい

遠ざかっていた意識が少しずつ浮上して、まだどこかぼんやりとする頭のままベッドの天蓋を見上げた私は、たっぷり数分は黙り込んだ後で、天を仰ぐように自分の顔を両手で押さえた。

これは夢だ、目が覚めたらいつもの見慣れた自分の部屋にいるはず。

その願いもむなしく目が覚めたとき視界に入ったのは、確かに見慣れた自分の部屋だったけど、期待していたようなマンションの１ＬＤＫの部屋ではなかった。

洋風の可愛《かわい》らしく華やかで豪華な、いかにも貴族のお嬢様らしい部屋だ。

私、コンチェスター公爵家の娘、オクタヴィア・ラ・コンチェスターが十九年間暮らし続けたところである。

ゆっくりと身を起こした。混乱しているけど私の頭の中以外は至って良好みたい。

「……これって、なにになるの？　異世界転生……？」

異世界やゲーム、小説や漫画の世界に転生する話。確かに生前はハマった。

悪役令嬢ものも好きだったし、追放ものや、無双チートもの、モフモフやスローライフ、グルメものや下剋上《げこくじょう》もの、何でも美味《おい》しくいただいて、月の書籍代が十万を超えることも度々あったわ。

そのせいでいつも生活は苦しかったけど、オタクとしては充実した日々を過ごしていたと自負している。

給料の大半つぎ込んできたご褒美？

二十代の若い身空で儚《はかな》くなった私を哀れんで、神様が大好きな小説の世界に転生させてくれたの？

……信じがたいけれど、どうやら私は前世で愛読していたラノベで流行《はや》っていた、異世界転生なるものをしているらしい。

私の頭がおかしくなっているのでなければ、だけど。

「嘘《うそ》でしょ……小説や漫画みたいなことが本当にあるなんて、普通思わないわよ……」

否定しようにも実際に今私がいるのは現代日本とは違ったファンタジー小説の舞台とそっくり同じだし、ただの夢と片付けるにはあまりにもリアルすぎる。

前世の私が死んでしまったのは仕方ない。

やりたいことはあったし、未練もあるけれどこれが現実だというのなら受け止めよう。

幸いもう家族もいなかったし、恋人も、飼っていたペットもいない。

私が突然死んだとして困る人は会社の同僚や上司くらいで、でもきっとすぐに過去の人にされるはず。友人たちに不義理をしてしまっただろうことだけが気になるけれど、皆、私が死んだことなんて知らないまま、あの子しばらく見ないな、程度に思い出してくれればそれでいい。

それよりも問題は今の自分のことである。

前世で、私はとある小説を愛読していた。

架空の大陸を支配する帝国を舞台とした、大河的なヒロイックファンタジーだ。

主人公であるヒーローはその帝国の第五皇子で、他の皇子や貴族たちから様々な妨害を受けて一度は国を追われるものの、数々の冒険に多くの出会いや別れ、困難を乗り越えて最後には返り咲き、帝位に就くという内容のものである。

よくあると言ってしまえばその通りだけれど、次々と起こるドラマやロマンスが素晴らしく、何より登場するキャラクターたちの多くが魅力的で、私は夢中になってこの小説を追いかけていた。

地方住みだったから紙書籍が書店に並ぶのは発売日から三日も後になる。

それが待ちきれなくて電子書籍と両方で買っていた。

特典を揃《そろ》えるために複数の書店で購入したし、サイン会があると聞けば航空代や宿泊代を掛けてでも出向いた。挿絵を担当しているイラストレーターの画集が出ると聞けば、やっぱり紙と電子とで揃え、グッズの購入や布教にも邁進《まいしん》したわ。

もちろん新刊が出るたびにファンレターも書いて送った。

私ってそれはもう素晴らしい読者だったんじゃない？

どうして私がそれほどのめり込んだかといえば、純粋に物語として面白いということもあったけれど、一番の理由はその小説に登場するキャラクターに惚《ほ》れ込んでいたからだ。

いわゆる推しというやつだ。

でもその推しは主人公であるヒーローではない。彼を支える準主役やヒロインでもない。

私がそれだけの愛情と金銭をつぎ込んだのは、全て悪役であり、物語のラスボスでもある若き皇帝、シグベルド・フォン・ヴォルテールのためである。

そう、何を隠そうそれが今の私の婚約者だった。

（素晴らしく格好《かっこ》いいのよ……悪役として登場しながら、ただやられ役として終わるのではない筋の通ったキャラクター像。己の信念のためならば手を汚すことさえ厭《いと》わない高潔さ。私にとっては正義感溢《あふ》れる綺麗事《きれいごと》を口にする主人公より、よっぽど共感しやすかったわ）

人気のイラストレーターさんが描くそのヴィジュアルがまず好み過ぎて何時間眺めていても飽きないくらいだったし、一貫してぶれることのない筋の通った人物像が本当に素敵だった。

結果的に多くの人の命を奪う存在になってしまうけれど、無意味に残酷だったり冷酷だったりするわけではなく、彼は彼なりの信念によって行動している。その行いによって自分がどんな責を負うかも全て承知の上で覇道を歩む、敵に回すと最強にして最恐《さいきょう》のラスボスだった。

元々私は主人公より悪役に惹《ひ》かれがちだ。でもそれを踏まえても人生の中でこんなに惚れ込んだキャラはいないというくらいシグベルドが好きだった。

彼のためならたとえ給料を貢ぎすぎて毎日納豆ご飯になろうが、妄想に浸りすぎていつもどこを見ているのか判らなくて怖いと会社の同僚たちに引かれようが、架空のキャラにそこまで入れ込むくらいなら現実の恋人をつくれと友人たちに呆《あき》れられようが悔いはない。

それくらい、寝ても覚めても彼のことを考えるほど好きだった。

そのシグベルドが目の前に生身の人間として現れるなんて誰が想像しただろうか。

動き、喋り、そして私を見る彼は息が止まりそうになるくらい、想像を遙《はる》かに超えて素敵だった。

ううん、素敵なんて言葉では到底言い表せないくらい圧倒的な迫力があって、明らかに他の人々とは種類が違う人間だと判った。

彼は生まれながらにして王者だ。自然とその足元にひれ伏してしまいたくなるくらいのカリスマと威厳と、そして気高さを感じる。

素晴らしい……眼福である。いっそ彼の胸元を飾るボタンになりたい。

だが。だがしかし、である。

「……いくら最推しとはいえ、命が関わると話は別よ……」

呻くように呟《つぶや》いた、そのときだ。

「お嬢様？　お目覚めになったのですか？　お身体はいかがですか？」

まだ寝ていると思ったのか、そうっと部屋に入ってきた侍女が、寝台の上で身を起こしている私に気付いて慌てて枕元に駆け寄ってくる。

明るい栗色《くりいろ》の髪とこぼれそうなほど大きな目が可愛い、私付の侍女サーラである。

心配そうに私の様子を窺《うかが》う彼女の顔を見つめて、改めてしみじみとこれが現実だと実感した。

お約束どおりに頬《ほお》をつねってみたけど普通に痛かったし、触れた感触も温度もしっかり存在している。

いつの間にかドレスから寝間着に変わっていたのは、きっとサーラが着替えさせてくれたのだろう。

「お嬢様？」

どうやら私は相当遠い目をしながら魂を飛ばしていたみたい。

心配しすぎて今にも泣き出しそうなほどに瞳を潤ませているサーラに気づき、慌てて姿勢を正す。

ダメダメ、前世の頃はいざ知らず、今の私はお嬢様。

それも皇太子の婚約者として皇太子妃《こうたいしひ》の教育を施されるほどの、公爵令嬢として厳しく育てられたお嬢様なんだからしっかりしなくちゃ。

それにいつまでもサーラを心配させるわけにもいかない。

「ごめんなさい、大丈夫よ。私、パーティで倒れてしまったのね。その後は大丈夫だった？」

主役がパーティでぶっ倒れるなんて、何事かと騒ぎにしてしまっただろう。

そして意識を飛ばしている間に、とっくに夜は明けて朝になっている。

「ご安心ください、旦那様や奥様が誤魔化《ごまか》してくださいました。大きな騒ぎにはなっておりません」

「そう……なら良かった。……でも……その、殿下は……？」

「すぐにお帰りになりました。お身体を労《いたわ》るようにとのお言葉を賜《うけたまわ》っております」

「そう……」

一見優しく思える伝言だけど、その言葉通りに受け取ってはいけない。

だってそうでしょう、帝国の皇太子がわざわざ足を運んできてくれたのに、パーティの主役たる私が目の前でぶっ倒れてしまったのよ。

失神は貴族令嬢のたしなみです、仕方ありませんわ、で済むわけがない。

案の定サーラは私の様子を窺いながら、どこか言いにくそうに告げてきた。

「あのう……お嬢様がお目覚めになられたら、すぐいらっしゃるようにと……旦那様からのお言葉でございます……」

はい、やっぱりきたー。

そりゃそうよね、あの父が放っておいてくれるわけもない。

普通は娘が突然わけも判らずぶっ倒れたとなったら少しは心配しそうなものだけど、お父様に関して言えばそれは期待できない。

あの人はお家第一主義者だから、娘のことよりも家の体面を気にする。

きっと体調管理がなってないだのなんだのと説教されるのだろうなと思うと、ひどく憂鬱な気分になって行きたくないけれど、家長の命令に逆らうわけにもいかない。

「判ったわ、すぐに行きます。悪いけれど着替えを手伝ってくれる?」

サーラの手を借りてできるだけシンプルで、見苦しくない程度の深いグリーンのドレスに着替え、レースの付け襟を合わせてから私は姿見に映る今世の自分の姿を見つめた。

腰まで伸びた、長い緩くウェーブのかかったローズピンクの髪に、淡い水色の瞳。

小さく綺麗《きれい》な卵形の輪郭に大きくぱっちりとした瞳や慎《つつ》ましやかな鼻、小さな唇などが収まったその顔立ちは人生のご褒美かというほどに整った清楚《せいそ》系美少女なのに、瞳が自信なさげに揺れているように見えるのは、私が小心者であることをそのまま表しているからだろうか。

全体的に小柄で、手足は細く、体つきも華奢《きゃしゃ》。

それなのに胸元はふっくらと豊かで、こう言ってはなんだけど、嫌味《いやみ》か、っていうくらい容姿に恵まれている。

少なくともきちんとした格好をして、堂々とそれらしく振る舞えばシグベルドの隣に立ってもそう見劣りすることはないだろう。ええ、堂々とそれらしく振る舞えれば。

そんなことを考えながら手早く着替えを済ませた私は、急ぎ足でお父様の書斎へと向かった。

「お父様、オクタヴィアでございます。お呼びと伺い、参りました」

「入れ」

即座に返った声に従って書斎へと足を踏み入れた私は、正面を見据えるように書斎机につくお父様と目を合わせると公爵令嬢らしく優雅なカーテシーを決めてみせた。

それでも内心奇妙なほど緊張しているのは、なぜ目覚めてすぐに呼び出されたのか、その理由を薄々察しているからだ。

「身体の方はもう良いのか」

「……はい。無様な姿をお見せして申し訳ございません。もう大丈夫です」

「そうか。ならばすぐにでも皇城へ向かい、シグベルド殿下に謝罪せよ。お前の登城についての先触れは既に済ませてある」

ああ、やっぱりね。そんなことだろうと思った。

そうよね、折角《せっかく》パーティに来てくれたのに、まともにお相手もできなかった。

本当なら婚約者としてファーストダンスを披露しなくてはならなかったのに、手持ち無沙汰にさせてしまったのだからお詫《わ》びは必要よね。

今から支度をして皇城《こうじょう》へ向かう頃には、ちょうど良い時間になっているだろう。

手紙で謝罪よりも、直接出向いて頭を下げる方が丁寧だし、シグベルドの機嫌を損ねるのは上手《うま》くない。謝罪は早いほうが良いに決まっている。

判っている、けれど気乗りしない。

そんな気持ちで私は記憶が蘇る以前から懇願していた言葉を今また、お父様に繰り返す。

「……お父様。……やはり、考え直していただくことはできませんか？」

それが何のことかお父様はすぐにピンときたようだ。

半ばウンザリとした様子で溜息を吐き、じろりとこちらを見やると告げた。

「またその話か。婚礼はもう来年に控えている。見苦しく抗《あらが》うことなく己の立場と役目を受け入れろ」

「ですが、お父様。私には……」

「くどい」

バッサリと言い切るように告げられて、ぐっと言葉に詰まる。

「いいか、オクタヴィア。お前は我がコンチェスター公爵家の娘だ。シグベルド殿下の妃となることは、お前が生まれたそのときに定められたことだ。私もそのつもりで未来の皇后として相応しくあるようお前を育ててきたのだぞ」

駄目だ、これは全く話にならない。

この人には娘の言葉に耳を傾ける意思がない。

そう思うくらい、実の娘に向けるものとは思えない情のない眼差《まなざ》しに、私の心が冷える。

「理解したのならば早く謝罪に出向け。殿下はお忙しい中、わざわざ時間を割いてお前への義理を果たそうとしてくださった。その義理に礼儀で返さねばならん」

「………………はい」

ずん、と胃の辺りが重たくなる。私は早く行けと追い払うように手を振るお父様の邪険《じゃけん》な仕草に噛《か》みつきたくなる衝動を懸命に抑えながら、頭を下げてその前を辞した。

はーっ、と深い溜息が溢《あふ》れ出たのは部屋の外に出てからだ。

(やっぱり駄目か。それはそうよね、お父様が許すはずがない。正攻法は無理だわ)

我がコンチェスター公爵家は古くからの歴史を誇り、先祖は二百年程前に臣下に下った皇子の一人だ。今日に至るまでにも幾度か皇族との縁戚関係を結び続けた、臣下でありながら貴族の中では皇室にもっとも近い血を繋《つな》ぐ名門である。

現在の当主である父は宰相。

その父は国の転覆を謀るほどではないけれど、今の地位を死守し、それなりに権力を誇ろうと考えるくらいには野心のある人物だったので、その娘である私は生まれたそのときから未来の皇后となるべく様々な教育を施された、生粋の貴族のお嬢様だった。

普通に考えれば、恋い焦がれた推しの婚約者として転生したのだから素晴らしい勝ち組だ。

望んだってなれるようなものではない。

あとは思う存分に推しに尽くして、身も心も捧《ささ》げ、ドロドロに愛される人生を送ればよい。

でもそうは問屋が卸さない。人生そこまで都合良くはいかない。

だって私は知っている。

このままシグベルドと結婚し、お父様の言うとおり将来的に皇后となった私を待つ未来は死だ。

それもシグベルド本人の手にかかって処刑される。

いわゆる私はろくすっぽ本編に登場することもなくザコ死にする、名前すら与えられていないモブ皇后となるのだ。

原作に登場したときシグベルドは皇太子ではなく既に皇帝だった。

年齢は確か二十八歳で、今の彼は確か二十四。

私が死ぬ時期は明言されていなかったと思うけれど、彼の許に嫁いで皇后になってからのはずだから、二、三年の内には殺されることになる。

前世でも早死にだったのに、今世はそれよりもさらに早くに死ぬ運命だなんて、さすがにひどいわ。私が何をしたっていうのよ。こっちはまだ十九なのよ？

あんまりだ。神様は私に何の恨みがあるの、二度の人生に渡ってあっさり死んでしまうくらい悪いことなんて何もしてないわよ。

推しと結婚できるんだから良いだろうって？

そりゃ無事に結ばれてハッピーエンドなら良いわよ、でも処刑なんて冗談じゃない。

私はあくまで平凡な小市民であって、毎日当たり前の日常を送って、時々ちょっぴり贅沢《ぜいたく》をして、仕事や趣味に励み、やがてはささやかで優しい家庭を築くのが私にとっての幸せなの。

確かにシグベルドは格好いい。今まで見てきたどんな男性より魅力的で素敵だと本気で思う。

だけど彼の周りでは人が簡単に死にすぎる。

裏切りは当たり前、暗殺者は日常的にこんにちはしてくるし、皇子たちの勢力争いのとばっちりがこっちにも飛んでくるし、これまでにも血が流れるシーンを目にしたことは一度や二度ではない。

記憶が蘇る前の私は何度もお父様に縋《すが》って、この話を無かったことにしてくれと泣いて懇願するくらい、彼が怖くて仕方なかった。

今だって、普通に怖い。

何度もしつこいようだけれどシグベルドは素敵だ。

文句なしに格好いいしタイプだし理想だし、彼が現実の男性として存在していることには神様に感謝したい。

これがもっと違うモブ令嬢に転生したなら、生きて、喋《しゃべ》って動いている彼の姿に黄色い声を上げながらその姿を反芻《はんすう》していたに違いない。

でも、私にとって彼はあくまでも観賞用。

きゃあきゃあ言うのも、素敵だとのぼせ上がるのも、熱心な推し活をしていられるのも手の届かない相手だと判っているからこそだ。

悪役が素敵、悪の美学最高、血湧き肉躍る展開大歓迎！

なんていうのは架空の物語だからこそ言えることであって、実際に自分の命が危険にさらされたり、人が殺されたり血しぶきがあがったりなんてバイオレンスな人生を望んではいない。

「……そのためにもやっぱり婚約解消しかないわ。皇后になる未来がなくなれば少なくとも処刑されることはないはず。こうなったらシグベルドの方から解消してもらうようにするしか……」

でもどうやって？

私たちの結婚はシグベルドも受け入れている。

別に私に特別な感情を持っているからではなく、紛《まぎ》れもない政略結婚である。

唯一《ゆいいつ》の正妻の子であり長子、そして既に立太子しているとはいえ、皇后であった母を早々に亡くしたシグベルドの立場は他の四人の皇子たちや力を持ちすぎた貴族たちの前ではいささか心許《こころもと》ない。

加えて皇帝とシグベルドとの仲は良好とは言いがたい。

現在の皇帝は己の仕事をほぼ彼に放り投げているくせに、問題なくそれらを処理する優秀な息子に劣等感を抱いているのか、大なり小なりの嫌がらせをして邪魔をするのだ。

よってシグベルドが皇太子として充分以上の功績を出していても、安堵《あんど》はできないのである。

私との結婚は彼の足場を固め揺るぎないものとするために、必要なもの。

貴族の中でも最大派閥を誇る筆頭公爵家である私の実家、コンチェスター公爵家を後見として取り込むためにもっとも有効な手段である。

彼の方から断ることはまずないだろう。

もちろん私から断ることだってできるはずがない。

お父様にもそのつもりはゼロだし。

この結婚が双方にとって必要なものであることは判る。だけど私は死にたくない。せっかく若く綺麗な容姿の令嬢に生まれ変わったのよ。

今世でこそ素敵な人と幸せな家庭を築きたい。そして年老いて、子どもや孫たちに囲まれて穏やかに眠りにつく、そんな人生を送りたい！

「シグベルドがほしいのは我が家の後ろ盾なんだから、私との結婚に代わるものを提示できれば案外受け入れてくれるかもしれないわ」

自分に都合の良い、政治に疎《うと》い発言をしている自覚はある。

そんな簡単な話じゃないだろう、じゃあ何を代わりに提示するつもりだ、と問われても良い案なんて全くといって存在しないのだから。

でもこのままでは、私の未来は若死にである。

案外直談判《じかだんぱん》すれば聞いてくれるかもしれない。

大丈夫、彼は確かに最恐の手強《てごわ》い敵役だったけど、言葉が通じない相手ではない。

きっと話せば判る、なんて僅かな希望に縋ろうとした私だけれど。

やっぱりそれが甘い考えであることを思い知るのは、それから間もなくのことだった。


……結論から言って、私はシグベルドに「婚約を解消してほしい」とはとても言い出せなかった。

何しろ彼は私との面会に応じてはくれたけれど、とにかく、ものすごく迫力があってですね。

余計なことを口走ろうものならば、その場で命を取られても不思議はないっていうくらいのね。

ああ、そう、これこれ。この眼力。

この圧倒的強者と言わんばかりの迫力と威厳こそが彼の魅力で、ああもう、本当に素敵……と陶酔するそばから、私、今から殺されるんじゃないかしら、っていう本能的恐怖が湧き上がって身体の芯から震え上がってしまうのだ。

前世の反社会的な方々と、今世のシグベルドと、どっちが怖いかしら。

「身体の具合は？」

「も、問題ございません！　申し訳ございません！」

身体の具合を尋ねながら、眉一つ動かさず、赤い瞳の色に反して凍えそうなほど冷ややかな眼差しを向けられて、私が答えられたのはそれが精一杯だ。

もう本当に許されるならテーブルに額をぶつけたい。

いっそ土下座して命乞いをしたい。

身もだえするくらい格好いいのに、身震いが止まらないくらい怖い。

まるで自分がまな板の上に転がり、捌《さば》かれるときを待つ鯉《こい》にでもなったような気分だ。

手も足も声すらも震えている状況で「婚約解消してください」なんて言える人いる？

少なくとも私には無理だ。もう泣きそう。帰りたい。

ごめんなさい、鯉は調理しても泥臭くてあんまり美味しくないって聞いたことがあります。

あまりの迫力に、若頭！　って叫びたい。

瞬時に様々なことを考えるのは目の前の恐怖からの現実逃避である。

それでいてガタガタと座っている椅子が鳴りそうなくらい全身震えている私の様子に、はあ、と呆れたような溜息が聞こえたのはそのときだった。

その溜息にまたビクッと肩が震えた。

あまりにも怯《おび》えまくっているから、そのせいで怒らせたのではないかと思ったのだ。

そりゃそうよね。パーティで顔を見るなり卒倒するという行いだけで失礼な話なのに、それを謝罪に来ている今だって露骨に怯えた様子を隠せずにいるのだから、それ以上に失礼だ。

案の定、

「話にならない」

冷ややかな、容赦のない声が聞こえてまたも大きく身体が震える。

「も、申し訳ございません……！」

違うの。本当はこんなにビクビクしたくないの。

シグベルドに限らず、誰だってこんな態度をされたら腹立たしいし、不愉快にさせて当然だって判っている。

あなたに嫌な思いをさせたいわけじゃない。

もっと毅然《きぜん》と気丈に振る舞いたいのに、とにかく怖くて怖くて……いっそ私の無様な姿に見切りを付けて、こんな女に皇后は無理だと判断してほしいとすら思う。

もつれ、凍りつきそうになる舌をどうにか動かして、必死に言葉を紡いだ。

「……ぶ、無様な姿をお見せして、も、申し訳ございません……昨夜も、せっかくお忙しい中、足を運んでくださったのに……」

ああもう、どうしてこんなに声も震えているのよ。

自分でも腹が立つくらいひどい！

だけどそんな声でも彼の耳には届いたようだ。

ぎゅっと両手を握り締める私に、彼は言った。

「婚約者の誕生日パーティとなれば、顔の一つも出した方が良いと思ってのことだったが……台無しにするくらいなら行かない方が良かったようだ」

これは皮肉？　それとも本心？

「そ、そんなこと！」

「取り繕《つくろ》う必要はない。お前に嫌われていることくらいは判っている。だが」

「むしろ大好きです！」

だが、の後にどんな言葉を続けるつもりだったのか、私が知ることはできなかった。

なぜなら咄嗟《とっさ》にその続きを遮《さえぎ》るように声を上げていたからだ。

殆ど脊髄反射《せきずいはんしゃ》みたいな勢いだった。

だって私の愛が疑われたのよ⁉

前世からあなたにどれだけ貢ぎ、愛を捧げてきたと思っているの。

そりゃあ今、前世で経験したことがないくらいびびりまくっているけど、それと愛は別物。

愛する推しに、嫌っているなんてそんなひどい誤解を与えるなんて許せる？

……と、心の中で僅か一瞬の間にそれだけの主張をした私だけど、実際に言葉にしたのは先ほどの「むしろ大好きです！」の台詞《せりふ》だけだったので、その場の空気は見事に凍りついた。

……想像してほしい。

今このとき、この場にどれほどいたたまれない空気が流れているかを。

しん、と静寂が訪れた中で、シグベルドの表情は変わらなかった。

相変わらず眉一つ動かさず、感情の起伏など存在しないような見事な無表情。

だけど雰囲気で判る。

彼は驚いている。

どんな雰囲気で見分けているのかと言われても困るけど、そこはほら、推しですから。

表情は変わらずとも、僅かに変化したその息づかいとか、いつもより一ミクロン大きく見開かれた目とか、動揺で僅かに体温が上がったことで変化した体臭とか。

……うん、ごめんね、気持ち悪い女ね、私。判っている。

少し前まで怯えまくっていたくせに、自分の肌という肌が真っ赤に染まっていくのを自覚したのはその後のことだった。

とにかくなんとか誤魔化さなければ！

「も、申し訳、ございません、あの、その、尊敬していますとか、憧れていますという意味で……い、いえ、もちろん男性としても大変魅力的で素敵で側にいるだけで体温が上がって全身の血が沸騰してしまいそうなくらいなのですけども……！」

何を言っているんだ、私。全然誤魔化せてない。

というか、お願い、何か言って。

そこで控えている近衛騎士さんとか、こう、お笑い芸人のように軽やかに突っ込んでくださらないかしら？

そうしたらこっちだって軽やかにボケてみせるのに！

そんな期待を込めた眼差しを近衛騎士へと向けるけれど、なぜか皆、ビクッと身を揺らして目を逸らされてしまった。

私の供についてきたサーラまで、どこか無の極地という目で遠くを見つめている。

ひどい。

「で、ですから、あの……！」

ああ、もう無理、この重い沈黙に耐えられない。

漂う重苦しい沈黙に耐えきれず、それこそテーブルに額がぶつかりそうな勢いで俯《うつむ》いたときだ。

「ご歓談中、大変失礼いたします。殿下、そろそろご予定の時間が……」

どこかやりにくそうな感じで遠慮がちに声を掛けてきたのは、マルケス・ルチアーノという青年だ。

小説の中でも最後まで皇帝の傍らにいた、シグベルドの右腕と呼ばれる人物ね。

これがまたシグベルドの命令で、いやらしい罠《わな》や奸計《かんけい》を企てて主人公を苦しめる人物なのだけど、意外なことに今の彼は栗色の髪と同じ色の瞳がよく似合う爽やかな好青年という印象である。

そのマルケスを盗み見れば、彼の口元が微妙に歪《ゆが》んでいる。

無表情な主君とは違って彼は完全にはその表情を隠しきれなかったらしい。

……ピクピクと震えている口元が笑いを堪えているのだと判って、もういっそ誰か私を埋めてください、できれば可及的速やかに。

「……これから予定がある。城門までそこの近衛を護衛に一人連れて行け」

「は、はい。お忙しいところ、お時間を割いていただきありがとうございます……」

つまり寄り道せずにとっとと帰れ、ということね。

一応謝罪するという建前の目的は果たしたし、相手がまったく気にしていないようなので、もうこれ以上ボロを出す前に今日は大人しく帰っておこう。

それよりも……婚約を解消してください、とは結局最後まで言えなかった。

挙式まであと一年もない。

皇族との結婚だもの、準備はもう何年も前から始まっていて、参列者への正式な招待状が発送されるまであと二、三ヶ月くらいだろうか。

招待状が送られてしまったらもう無理だ。私はともかくシグベルドのダメージが大きくなりすぎて、いくら我が家がお詫びに帝位に就くお手伝いをしますなんて申し出ても、騒動の責任を取って彼が廃太子にされかねない。

でも逆に今がなんとか穏便に婚約を解消する最後のチャンスともいえるけれど、それまでになんとか上手くいくかしら。

いいえ、死にたくないならなんとかしないと。

「どうぞお気を付けてお帰りください」

「わざわざありがとうございます。殿下にもお礼をお伝えください」

サーラがそれはそれは複雑そうな何ともいえないような、それでいてもの言いたげな眼差しを私へと向けてきたのは、近衛騎士の見送りを受け、私たちが公爵家の馬車へと乗り込んだ後だ。

シグベルドの前では空気のようにじっと控え、口を挟むことはしなかった彼女だけれど、私と二人きりになってようやく、といった様子でその口を開いたところからして、うん、何を言いたいのかはさすがに判る。

私の様子が明らかにおかしいと疑惑を持たれているのだ。

それはそうだ。

以前までの私なら、間違ってもシグベルドに「大好きです！」なんて口走らない。

彼の前で赤くなったり、見苦しく狼狽《うろた》えたりしない。

ただ黙り込んだまま、じっと己の恐怖と耐え続けるだけだったはず。

そんな前と今とを比較すれば、一体私に何があったのだと心配と疑惑を抱くのは当然のことだ。

それにしてもなぜ記憶が蘇ったのがあの誕生日パーティでのタイミングだったのだろう。

シグベルドと顔を合わせたことがきっかけのように思えるけれど、別にこれまでも、彼とは婚約者として顔を合わせる機会や、必要最低限の社交をこなすためにエスコートを受けたことは何度もあった。昨夜が初めてだったわけじゃない。

昨夜のあのタイミングが、私がこの先生きるか死ぬかのターニングポイントだったということ？

だとしたらちょっと落ち着こう、私。

そしてしっかり考えよう。

奇妙な病気にかかったと疑われて修道院送りとかにされても困る。

それに今の問題はサーラだ。

（誤魔化すことはできるけれど、屋敷の中でもっとも私に近い場所にいるのは家族以上にサーラだから、彼女を誤魔化し続けることは難しいわ）

……うん、決めた。本当のことを言おう。

だってサーラには今後も助けてもらわなければいけない場面もたくさん出てくるだろうし、何より嘘をついて彼女の信頼を失うような真似《まね》はしたくない。

「あのね、サーラ。……信じられないかもしれないけれど、私の話を聞いてくれる？」

＊＊＊＊

「マルケス。お前はどう思う」

前置きも何もない俺の問いに、しかしマルケスは何のことかと聞き返すような真似はしなかった。

答えるべき言葉を既に理解しているように、長年の腹心は微笑みながら答える。

恐らく人当たりの良い爽やかな笑顔、というのは今の奴のような笑みを言うのだろう。

もっともその笑顔を浮かべた当人が、真実人当たりの良い爽やかな人物であるとは限らないことを、俺は知っているが。

「殿下のご婚約者であるご令嬢に対して私がどうこう言える立場にはおりませんが……発言をお許しいただけるなら、そうですね。随分と愉快なご様子でしたね。オクタヴィア様があのような隠された一面をお持ちだったとは私も驚きました」

マルケスはそう言うが、俺の目にはオクタヴィアの隠していた一面が表に出ただけ、とは思えなかった。

何しろ婚約してから今までの決して短くない期間を、悪魔でも見るかのように怯え嫌悪する視線を向けられ続けてきたのだ。

彼女との間に愛情を感じたことなどただの一度もない。

清楚な美しさが際立つ、未来の皇后として相応しい教養と美貌を備えた娘だが、彼女の薄い水色の瞳には、いつだって俺に対する恐怖が宿っていた。

それが一転して「大好きです！」とは、一体何の策略かと疑わずにはいられない。

オクタヴィア・ラ・コンチェスター。

宰相を務めるコンチェスター公爵の一人娘で、俺の婚約者である娘。

婚約したのは既に記憶にもないような幼いころのことだが、今までその関係を抗わずに継続してきたのはこれから先の自分にとって彼女……もっと具体的に言うならばコンチェスター公爵家の後ろ盾が必要だからだ。

父である皇帝には五人の息子がいるが、俺は皇后が産んだただ一人の皇子であり長子だ。

そのため皇太子と呼ばれるようになったものの、その地位は必ずしも盤石なものではない。

俺の実母である皇后は帝国の属国の中でも最も大きな国の王女だったが、この国の貴族どもは他国の王族よりも自分たち、ヴォルテール帝国貴族の方が格は上だと公然と口にする輩《やから》ばかりだ。

それでも母が健在であれば俺の強力な後ろ盾となってくれたはずだ。しかしその母は既に亡く、他の皇子たちの母親の実家の存在感の方が強いという状況である。

今の俺は正妻の子でありながら、後ろ盾の弱い皇太子として常にその地位や命を狙われる立場だった。

何しろ他にも野心に溢れた、未来の帝位を狙う後ろ盾を持つ皇子がいるのだ。

これまでに幾人の暗殺者が送り込まれてきたかは覚えていないし、斬り捨てた刺客の人数も覚えていない。

唯一、五番目の皇子となるアルベルトだけは母親の身分が貴族の中でも男爵家の娘と低く、後ろ盾もないに等しいためか露骨に刃向かってくることはないが、他の三人はそうではない。

俺が皇帝となるには、他に大きな力を持つ明確な後ろ盾が必要だ。

そのために必要なのがコンチェスター公爵家であり、代わりにこちらが要求されたものがその娘、オクタヴィアとの結婚である。

だが。

「何を企《たくら》んでいる？　あんな言葉で俺を籠絡《ろうらく》できるとでも？」

仮に俺を籠絡しようとしまいと既にあの女との結婚は決まっている。特別俺の機嫌を取らずとも、このまま行けば未来の皇后だ。

脳裏に昨日までの彼女の姿が浮かぶ。

今まであれだけ露骨な態度をしておいて、いまさらなんのつもりだろうか。

「良いではありませんか。大人しく嫁いでくださるならそれに越したことはありません。ご夫婦仲も良い方が、お世継ぎも期待できます」

「世継ぎか。面倒なことだな」

俺は父のように複数の妃を持つ意思はない。

オクタヴィアに操立てしているわけではなく、単純に複数の妃に子を産ませるとどれほど面倒なことになるか身をもって知っているからだ。

妃は一人で良い。

複数の妃や子どもたちで争う面倒事より、子に恵まれないリスクの方がまだマシだと思ってのことだったのだが……

『むしろ大好きです！』

あの言葉はどこまで本気なのだろう。

これまでに言われ慣れない言葉のせいか妙に気にしてしまう自分に呆れる。

俺たちの関係は決して平民たちのような不安定な感情に任せたものではない。

互いの感情など二の次でつがい、子をなし、立場を固めて次の世代へと繋ぐ。

それが身分ある者の義務である。

公爵家の箱入り娘で、親の言いなりになることしかできないオクタヴィアに何ができるとも思えない。

しかし追い詰められればネズミでも噛みついてくることもある。

急に人が変わったような彼女の言動にはある程度注視する必要があるだろう。

「コンチェスター公爵家に潜り込ませている者に、日に一度は必ず報告するように伝えろ。帝位に就くまではオクタヴィアに離反させるわけにはいかん」

「承知しました」

必要なのはその血筋と子を産む身体だけで、彼女が何を考えようとどんな性格であろうと俺の邪魔をしない限りはそれで良い。

だが、もしも牙を剥くようならばこちらもこれまでとは違う手段を考えなくてはならない。

手足に枷《かせ》をつけられ、豪華な監獄の中で子を産むためだけの道具となるか、俺に従い皇后として自身と家門が華々しい恩恵を受ける道を歩むか。

どちらを選ぶかはあの娘次第となるだろう。

＊＊＊＊＊

「つまりお嬢様は一度別の世界で亡くなって、新たに今の世界に生まれ直したと。その事実を昨夜思い出したと仰《おっしゃ》るのですね」

「ええ……すぐには信じてもらえないでしょうけれど……」

「確かににわかには信じがたいお話ですが、生まれ変わりや、同じ時間軸で自分と同じ人間がそれぞれ違う人生を歩む世界が無限にあるという伝承は聞いたことがございます。おとぎ話の中の話だと思ってはおりましたが……」

私の説明を聞いて、サーラは驚いたけれど比較的あっさりと納得してくれたのはこの世界にも輪廻《りんね》転生と同じの言い伝えがあることと、平行世界やここととは違う世界がある、なんて認識もゼロではないらしい。

魔法や魔物なんていかにもファンタジー的な力はないけれど、神に対する信仰心が現代日本よりも強く浸透しているからそういった不思議なことに関する考え方にはあまり抵抗がないらしい。

「ただ、そのお話は内密になさった方がよろしいと思います。人によっては悪魔憑《つ》きだの魔女だのと良からぬことを言う者もおりますし、お嬢様や公爵家を敵視する存在もございますから……」

サーラの私を見つめる瞳は心配そうだ。

確かにその通りだと納得した。

私自身は今も昔も皇太子妃なんて立場を望んではいないけれど、野心ある他の人たちは違う。

それにお父様も宰相という立場柄、敵も多いだろうし、人の恨みを買っていてもおかしくないくらいのことはしていそうだ。

推しは尊い。だけど私は自分の身と命が惜しい。

それにサーラのように大切な人たちもいる。

巻き込んで、もしものことがあったら悔やんでも悔やみきれない。

「……でもサーラ、あなたは私を疑ったりはしないの？」

恐る恐る尋ねた。その問いにサーラはきょとんとしている。

「疑うとは？」

「その……昨日までの私と、今の私と、だいぶ性格が違うでしょう？　それこそ別人が乗り移ったとかは思わないの？」

「乗り移っているのですか？」

慌てて首を横に振った。

今の私の中には、前世で生きた人生も、オクタヴィアとして生まれ育ってきた日々も、全てが自分の経験として残っている。

記憶もずっと眠っていただけで、元々私が持っていたものだって思っている。

でも、他の人にどう見えるかは判らない。

それに、私が身体を奪った罪悪感を味わいたくないから、無意識にそう思い込んでいるだけという可能性もないわけではない。

もし人一人の身体を知らない間に奪っていたらと考えると、重すぎる。

いまさら返す手段なんて判らないし、行き場所もない。そんなことになったら、私の魂は消えちゃうしかないかもしれないじゃない。

だけどこの後に続いたサーラの言葉は、私のそんな不安を払拭し、救ってくれるものだった。

「ご安心ください、確かに少し印象は変わられましたが、お嬢様が別人になったと疑ったことはありません。私の目には昨日も今日も変わりなく、オクタヴィアお嬢様に見えますよ」

「ほ、本当？」

「はい。今でこそお嬢様はすっかりおしとやかなご令嬢になられましたが、小さな頃は今のような雰囲気をお持ちでした。それにお嬢様がお生まれになったときからずっとおそばにおりますもの、全くの別人になられたのなら必ず私には判ります」

「サーラ……！」

思わずうるっときた。

そうか、だからそれもあって私の言うことをあっさり信じてくれたのね。

サーラは私の乳母の娘で乳姉妹《ちきょうだい》だ。多分私を誰よりも一番良く判ってくれているのは彼女だと思う。

そんなサーラの言葉は驚くぐらい私を安心させてくれた。

感極まってぎゅうっと抱きつけば、苦笑しながらも宥《なだ》めるように抱き返してくれる。

無条件で私を信じて味方してくれる人がいて、本当に良かった。

ひとしきり抱きついて甘えて、それから改めて今後について相談することにした。

「それで、事情は判りましたがお嬢様はこのままではご自身の命が危ういから婚約解消がなさりたいのに、今日は殿下にあんなことを仰ったんですか？」

「うっ……それを言われると辛いけど、つい条件反射で。だって本当に大好きな登場人物だったのよ」

ごもっともな指摘に私は項垂《うなだ》れる。けれどすぐに顔を上げると、ぐっと拳を握った。

「でも、私は今度こそ人生を全うしたいの！　背に腹は代えられないわ」

こちらの方から婚約解消をするのは無理だ、という点ではサーラとの意見は一致する。

だってお父様がそれを許すことは絶対にないもの。

「一番良いのはシグベルドの方から解消してもらうことだけれど……」

「それはやはり難しいと思います。殿下も我が家との繋がりが必要でお受けしているお話でしょうから。旦那様は未来の皇帝陛下と姻戚関係をお望みですから、お嬢様を嫁がせることを諦めたりはなさらないでしょう」

「……じゃ、じゃあ、私の代わりに身内の誰かを……」

「公爵家に連なるお年頃の未婚のご令嬢はほぼ全てご婚約なさっていらっしゃいます。ご自分が逃れるために、他のご令嬢の婚約を解消させるおつもりですか？」

さすがにそれはどうでしょう、と言わんばかりの眼差しを向けられて、再び私はうっと黙り込む。

「仮に殿下が婚約解消を受け入れ、他の家のご令嬢とご結婚なさったとしても、そうなるとコンチェスター公爵家は衰退するかもしれませんよ。皇太子殿下は我が家につぐ力を持つ家のご令嬢をお選びになるでしょうから、その家は下手をすればコンチェスター家を上回る力を持つ可能性があります。またそうなるためにコンチェスター家をこのまま放置しておくとは思えません」

そうなのだ。現在の我が国の貴族情勢は互いに足の引っ張り合い。

皇太子妃のお役目は譲ります～、それはどうもありがとうございます～、なんて仲良く平和にということには、まずならない。

皇太子妃の座を奪ったら、我が公爵家から宰相の地位も権力も奪い取ろうとするわよね。

そうなれば我が家が衰退するだけでなく、雇っている人々や広大な領地に住まう領民たちの生活も脅かすことになってしまう。

責任ある立場として、それは絶対に避けなくてはならないことだ。

だけどこうなったらもう詰んでない？

「うーん……あとは可能性があるとしたら殿下が真実の愛を見つけること？」

「……なんですかそれは」

露骨にサーラの呆れた声が聞こえた気がしたけど、気のせいということにしよう。

「運命の相手と出会ったら、可能性はあると思わない？　ほら、愛こそ全て！　心から愛する人ができたなら、その人と結ばれたいって思うものでしょう？」

そのときには、すすすっと身を引いてしまえばいい。

「いっそ相手は身分の低い人の方がいいかも」

「もしそうなれば、殿下は帝位を諦めることになりますね。愛《いと》しい人と手に手を取って夜逃げでしょうか」

夜逃げ！

発想がリアルすぎる！

でも充分あり得る話だ。だっていくらシグベルドが帝位より愛を選んだとしても、彼の存在を他の皇子たちは恐れるだろう。まずそっとしておいてはくれないだろうし。

それにシグベルドが戦いもせずに闇に紛れて逃げ出すなんて姿は見たくない。

「それが駄目なら、私のような女を皇后にすることはできない、と思わせるのでもいいわ」

「幼い頃から皇太子妃教育を受けていらしたお嬢様以上に教養があるご令嬢は、そうそういらっしゃらないと思いますが」

「やってみなければ判らないわ。死ぬほど嫌いな女なら、やっぱり他の手段を考えてくれると思うの」

そのためには、シグベルドが私との結婚を迷うくらいには嫌われなくちゃならない。

愛する推しに嫌われるなんて身が裂かれるほどの苦しみだけれど、でもやっぱり死ぬよりはマシ。時間はない、行動あるのみだ。

……と、威勢良く決意したところまでは良いけれど、根性なしの私はその後、あっけないくらい簡単に心折れることになる。

まず、何をしてもことごとく失敗する上に計画そのものが実行できない。

一応はウザ絡みするとか、我が儘に振る舞うとか、非礼を働くとか、露骨に媚《こ》びるとか、典型的な嫌われそうな言動をリストアップする計画書を作って頑張ってはみたのよ。

でも実際にその行動を取ろうとしても、彼の前に出てその視線を受けた途端に全身が硬直し、舌が凍りついてしまう。

迫力がありすぎて怖いんですよ、うかつなことをすると皇后になる以前にバッサリいかれそうで怖いの！

さすがラスボス。皇帝になる前からこの迫力とは、もう王者の貫禄《かんろく》以外のなにものでもない。

（これ、下手に嫌われると婚約解消以前にこの世から抹殺されるんじゃないの？）

さらに私の心を完全に萎縮させたのは、それから一ヶ月後の皇帝宮主催の夜会でのことだった。

基本的に出席の必要がある夜会や行事などでは、私は皇太子の婚約者として参加する義務が課せられている。

それはシグベルドも同じで、パートナーが必要な際には彼は面倒でも私をエスコートしなくてはならない。

そのためわざわざ公爵邸まで迎えにきてくれたのだけれど、その姿をホールの陰から目にした途端私は自分が着飾っていることも忘れてそのままのけぞり、壁に抱きつきたくなるくらいの衝撃を受けた。

「何という視覚の暴力……！　かっこ良くて死にそう」

「……見目の良い殿方を目にしただけで人は死にません。それよりも逆上《のぼ》せて鼻血の方が心配です、今ドレスを汚してしまうと間に合わなくなりますから、こらえてくださいませ」

「サーラが手厳しくて、ドキドキするわ」

記憶が戻ってからというもの、サーラは私に対してちょっぴり厳しい。

多分きっと『どうしようもないな、このお嬢様』判定をされたのだと思う。鼻血の心配をされたのはさすがに前世と今世合わせても初めての経験だわ。

つまりそれだけ私の挙動が怪しすぎると言うことかしらね。

だけど仕方ないでしょう？

それだけ今夜のシグベルドは素敵だった。

襟が高く、長い裾が膝の裏辺りでV字にカットされた白いジュストコールには、襟や袖を中心に植物模様の金糸の刺繍《ししゅう》が施され、私の瞳に近いアクアマリンのラペルピンが胸元を飾っている。

相変わらず輝かんばかりの黄金の髪は短く整えられて後ろへ流し、形の良い額と鋭く切れ長の目元がスッキリと露《あら》わにされて自然と目を惹く。

鼻筋も通り、薄い唇は硬く引き結ばれたままにこりともしないけれど、シャープな頬から顎の輪郭やしっかりとした首元などからも成人男性の魅力を余すことなく伝えてくる。

うかつに手を出せばその場でズタズタに引き裂かれてしまいそうなくらいの威圧感があるのに、同じくらい強引に絡め取られてしまいそうな感覚に襲われるのだ。

そういうのがじわじわと溢れんばかりに漂っていて、駄目だと判っているのに食虫植物に誘われるハエのように自らふらふらと引き寄せられてしまう。

あんな姿、小説の挿絵では見たことないよ、写真撮って永久保存したい。

どうしてこの世界にはカメラがないの。

その素晴らしさを表しきれる語彙力のない自分自身が憎い。

私もこの日に合わせて、流行の形に髪を纏《まと》め、金の髪飾りで飾り、肌を磨いて準備した。

用意したドレスは彼の瞳に合わせた赤。

甘いフリルやリボンなどは彼の隣では似合わないだろうから、あえてそれらは少なめの大人びたシルエットを保ちながら、その分レースや刺繍、造花や細かな宝石などで華やかさを演出している。

サーラが太鼓判を押してくれたこともあって、少なくとも彼の隣に並んで見劣りする姿ではないはずだ。

正直、婚約解消を狙うなら彼がエスコートしたくなくなるくらい見苦しい姿をあえて選ぶ、という手段もあった。

だけど人前でそれをするとシグベルドに恥を掻《か》かせてしまう。

それに公爵家の名にも傷がつくだろう。

私は平穏な生活を望んでいる。

そのためには無慈悲な死を逃れること以外にも、そこそこ平穏に暮らしていける程度には家も無事でいてくれないと困る。

こほん、と気を取り直したように背筋を伸ばし淑女らしい楚々《そそ》たる振る舞いを意識して姿勢を正すと、私は何事もなかったかのように静かにホールの陰からシグベルドの前へ姿を見せた。

そしてシグベルドの許へ歩み寄ると、震える足を堪えて静かにカーテシーをする。

「当家までご足労いただき、誠にありがとうございます。今宵《こよい》はどうぞよろしくお願いいたします」

「ああ」

シグベルドは着飾った私に対して一言もない。

ここはね、たとえ心にもない言葉であっても一応は褒めて相手を立てるべきところだと思うのよ。

でもこの相手に媚びることも取り繕うこともないところがまた素敵なのよ。

結婚相手には完全に向かないけど。

主なパーティではまず参加者の中でもっとも身分の高いカップルがダンスを披露することが慣例だ。

この夜会で一番身分が高いのはもちろん皇帝なのだけれど、シグベルドの実母である皇后を亡くして以降、皇帝は複数いる皇妃たちの中から新たな皇后を立てることはしなかった。

そのため皇妃の誰を相手に選んでも角が立つので、その役目は皇太子であるシグベルドと、婚約者の私が担うことになる。

彼のエスコートを受けて会場に入場した後、慣例に従い流れる音楽に合わせながらフロアの中央で踊る私たちの姿に、あちこちから感嘆のような溜息と、褒めそやす声が聞こえてきた。

「まあ……素敵ね、なんてお似合いのお二人かしら」

「ええ……今宵のお二人は一対の薔薇《ばら》の花のようだわ」

褒められて悪い気がするはずもなく少しだけ得意げな気分になる私だけれど、その隣のシグベルドの表情は変わらないまま。

何を考えているのか感情の窺えない眼差しで周囲を見つめている。

目が合うとやっぱり怖いので、そっぽを向いていてくれることは助かるのだけれど、考えてみれば本当に夢のような話だと思う。

婚約が解消されるまで、あと何度こうして踊ってもらえるのだろう。

もしかしたらこれが最後となる可能性だってあるわよね……と、そんなことを考えているとふと視線を感じた。

何も考えずに反射的に顔を上げた私は、そこで思いがけずこちらを見下ろしている赤い瞳と視線がぶつかって、思わず心臓の鼓動が跳ね上がる。

びくっと無条件で震えてしまったのは、触れ合うところを通じて相手に伝わったはずだ。

まずい。何か言わないと、と内心焦りながらも何も言葉が頭に浮かばなくて、射貫くような冷たい眼差しを前に、ぎこちなく曖昧な笑みを浮かべたときだ。

ふっ、とシグベルドの視線が和らいだ……ような気がした。

なんだろう。

日本人独特の、反応に困るととりあえず笑って誤魔化せ作戦が功を奏したのだろうか。

それともさすがのシグベルドも今夜の私の美貌に見惚れたとか？

……後者は絶対にあり得ないなと自分で自分にセルフ突っ込みをしたそのとき、シグベルドの背後で誰かが動く姿が見えた。

「えっ……？」

多くの人がいる会場内で誰かが動くなど別にどうということはない。

けれどその男性の姿が妙に目についたのは、さりげない仕草でシグベルドの真後ろに歩み寄りながら、片手が逆の手の袖のあたりを探っているように見えたからだ。

まるでそこに隠していた何かを引っ張り出すかのように。

その手元で鋼色の光が弾けた。

「危な……っ⁉」

咄嗟にシグベルドの腕を引こうとしたのは殆ど無意識だった。

でも私がそうするよりも早く、どんと後ろに突き放され、直後に硬い金属がぶつかり合う激しい音が響いた。

「ぎゃあああああっ‼」

「いやあああ⁉」

会場内の空気を震わせるほどの幾つもの悲鳴の中、突き飛ばされてよろけた私を支えたのは、いつの間にか背後に回っていた近衛の一人だ。

見開いた私の目に映ったのは、高々と舞い上がった何かがドッと鈍い音を立てて目の前の床に落ちる様。

（えっ……何？）

呆然《ぼうぜん》とする私が凝視していたのは、放射線を描くようにぞっとするほど濃い鮮血をまき散らしながら宙を飛び、そして無造作に転がった切断された人の手首だった。

その手は鋭く刃を研がれた、短剣が握り締められていて……

「ひっ……！」

「オクタヴィア様、どうぞこちらに」

私を支えていた近衛が視界を遮るように身をずらしながら私を後ろに下がらせようとするけれど、

私はもう見てしまった後だ。

床に落ちた手首から視線を無理矢理《むりやり》引き剥がすようにシグベルドへ戻した。

本当は見たくなかったけど、視線がどうしてもそちらへ向いてしまう。

だって騒ぎの中心にいるのは彼自身なんだから。

シグベルドは、どこにそれを隠していたのだろう。

あるいは近くの近衛から奪い取ったのか。

いつの間にか彼が握っていた通常よりも丈の短い小ぶりの剣には、まだ鮮やかな赤い液体がこびりつき、その色はつい先ほどまで私が見惚れていた彼の純白の衣装を同じ色に染めている。

シグベルドだけでなく、右手首から先を失った男性が自身の血で至るところを汚しながら絶叫を上げ、未《いま》だ止まらぬ鮮血をまき散らしてのたうち回っている。

男性の身体を中心に、まるで絵の具をぶちまけたように赤い色が床へと広がっていた。

その、絶叫を上げ続ける男の口に後ろから強引に近衛の一人が猿ぐつわを噛ませた。

「黒幕の名を自白させるまでは死なせるな」

近衛に命じるシグベルドの声音にも表情にも一切の乱れはない。

いつもと同じ無表情のまま、まるで邪魔な羽虫を払い落としたかのように男性を見下ろしている。

「承知しました」

また別の近衛が暴れる男の右腕を押さえ、関節の近くをきつく縛り上げている。

止血だと判ったけれど、周囲に漂う血の匂いと赤い色、そして人が容易に傷つけられた姿に私は声も出せなかった。

「無事か」

何事もなく剣を鞘《さや》に収めたシグベルドがこちらを振り返り、問いかける。

でもその彼の頬にも鮮血が飛んでいる。

こちらへと差し出された、本来なら真っ白な彼の手袋にも深紅の液体がこびりついていて……それに彼が気付いて、ちっと舌打ちをする。

気がつけば、私のドレスの裾にも真っ赤な血が飛んで染みを作っている。

それは私の未来を暗示しているようにも感じられ、すうっと血の気が下がる感覚を覚えた。

「オクタヴィア様⁉」

私を支える近衛が名を呼ぶ声が聞こえる。

でもその声に私を引き留める効果はない。

物語の中で何かある度に貴族のご令嬢が倒れる描写を度々見かけたけれど、実際にはそんな簡単に気を失えるわけがないと思っていた。

でも違ったわ、撤回する。意識ってわりと簡単に飛ぶのね。だってこれで二回目だもの。

霞《かす》み、薄れる視界の向こうに再びシグベルドがこちらへ手を伸ばす姿を目にした気がするけれど、それ以上のことを確かめることもできないまま、私はパタリと気を失ってしまったのだった。

後で聞いた話、手首を落とされたのは以前に不正が暴かれて地位も財産も失った貴族の息子だったらしい。

その不正を暴いたのがシグベルドだったらしく、それを恨みに思って彼を暗殺しようとしたとのことだ。

暗殺は人の目のないところで密《ひそ》かに行われるものだと思っていたけれど、そうとは限らない。失うものなどない人間は、己の命すら省みずに襲いかかることもあるのだと知った。

多くの貴族が集う夜会の警備はもちろん厳しいけれど、それは外からの侵入者に対してであって一度中に入ってしまえば、案外簡単に近づくことができる。

その貴族は不正を働いたことが原因で今夜の夜会への招待は受けていなかったものの、招待状をどこかから手に入れて侵入したらしい。

多くの人の前でシグベルドを殺そうとしたのは、それだけなりふり構っていられなかったのか、それとも憎い相手の無残な姿をより多くの人の前に晒《さら》したかったのか。

だけど彼の捨て身の復讐《ふくしゅう》は、あっさりと防がれた。

シグベルドは私が反応する以前から背後ににじり寄る男性に気付いていたみたいだから。

皇太子の命を狙ってただで済むわけがない。その貴族には極刑が科せられるだろう。

だけどこの事件で人々の口に上ったのは、暗殺を企んで結果処刑された男に対する批判より、顔色一つ変えずに犯人の片手を切り飛ばす皇太子の、非情で冷酷、そして野蛮な行いに対する批判の方だった。

その批判も、犯人の処刑が行われてからはとばっちりを恐れたのかピタリと口を閉ざす者が殆どだったみたいだけれど。

それ以降の詳しい話を私は知らない。

何しろその出来事を最も近くで目撃することとなった私は、精神的ショックで部屋に閉じこもったまま一歩も外に出なくなってしまったからだ。

こちとら前世は平和主義の平凡な日本人、今世は箱入りのお嬢様ですよ？

そんなハードボイルドなことに耐性なんてあるわけがない。

何より処刑されたという男性の姿が、未来の私の姿に重なってしまう。

私も将来あんなふうに眉一つ動かさずに斬り捨てられる運命なのかと思うと、心底肝が冷えた。

お父様もさすがに部屋に閉じこもる娘の姿に思うところがあったのか、シーズン途中であるにも関わらず領地での療養を認めてくれた。

それが親心からなのか、あるいは無理をさせてせっかく育てた駒が壊れてしまうことを惜しんだのかは判らないけれど。

こうして私は療養を理由に、帝都から公爵家の領地へと逃げ込んだのである。
帝都を去り際、シグベルトに
『私に皇太子妃は無理です。他の方を探してください』
と、一方的な懇願の手紙を送りつけて。

第二章　女とは推しに流される生き物なのです

あれからおよそ一ヶ月。

ウェザーズ城と呼ばれる公爵家の城へ逃げ込んだ後の私の日々は実に平穏だった。

「平凡な日常が一番幸せだって言うけれど、それって本当ね。人生スリルよりも安定よ」

危険な男にはそれ相応の魅力があることは確かだけれど、現実的な話ではない。

一攫千金《いっかくせんきん》を狙うより、コツコツと真面目に働いて貯蓄する方が好き。

そもそも私にはやっぱり皇太子妃、ゆくゆくは未来の皇后だなんて無理だったのよ。

さすがに一ヶ月も経つと帝都のお父様からは、社交シーズンまっただ中ということもあり、体調が回復次第すぐに戻ってこいと何度も手紙が届いているけれど、私はこのままうやむやに誤魔化して領地で過ごすつもりでいる。

「でもよろしいのですか、旦那様のお手紙を無視して」

まるで領地から出るつもりのない私に、サーラは心配そうだ。

気持ちは判る、何せ私はお父様から届く手紙にまだ具合が悪い、まだ無理だと簡単に返すだけで従う気がないから。

「よろしくはないけれどなんとかこのまま、なし崩しになかったことにできないかしら……」

それでお父様が諦めるとは思えないけれど、シグベルドにはすっかり怖じ気づいて及び腰の私なんかより、あんな凄惨な場面を見ても「それがどうした」と笑い飛ばし、将来彼に処刑されることのない逞《たくま》しい女性を探してほしい。

少なくとも私みたいな根性なしを妃にするよりは良い気がするのよ。

大丈夫、私は推しが幸せになれるならその全てを応援するわ。

結果として一方的な手紙を残して逃げ込んでしまった私だけど、はっきりと伝えることが一番だったのではと今では思っている。

ただ意外なことに、シグベルドからは今のところ何の反応もない。

彼はお父様にも私からの手紙について何も言っていないみたい。

もしお父様が、私が彼にそんな手紙を出していると知ったら、すぐにも私の許へ乗り込んできて叱るなりどやすなりしつつ、シグベルドに撤回と許しを乞うよう命じるはずだけれどそれがないから。

もしかして、ただの冗談だと思われているのだろうか。

相手にすると面倒だから放置しているだけ、っていう可能性も充分ありうる。

シグベルドのそういう冷酷さもまた魅力なのだけど、いざ自分がそれを向けられる立場になるとなんとなく複雑な気分になるわね。

どうしたものか。冗談などではなく本気だと改めて伝えるべき?

面と向かってはどうしても言えそうにないから、できるだけ丁寧にもう一度手紙を書いて理解を求めたほうがいいだろうか。

私の許へ執事が銀盆に一通の封書を載せてやってきたのは、そんなことを考えていたときである。

「お嬢様。お手紙が届いております」

恭しく差し出す銀盆から封書を受け取った私は、裏を返して封蝋《ふうろう》を確かめた途端硬直する。

そこに押されている紋章は紛れもなくシグベルドの皇太子の印章だと判ったから。

見たくない。だけど見ないわけにはいかない。

ざわつく心を宥めながら、たっぷり五分は躊躇《ためら》った後でどうにか封蝋を割ると封を開き、恐る恐る中の便せんを広げると、そこに書いてある文章は二行。

その最初の行に書いてあったのはこれだ。

『見舞いに行く』

「……は?」

見舞い?

あのシグベルドが?

私を見舞うためにわざわざ?

大体いつ来るの? 公爵領は帝都に近い。

騎乗なら一日もあれば到着する、ということは下手すれば今日、遅くとも数日中には来る?

一瞬逃げてしまおうかと思ったけれど、まるで私の行動を見透かしたようにその次の行に書かれていた言葉がこれ。

『もし到着時に不在であれば逃げたものと見なす』

よろりとカウチに深く座り込んだ私は、乗り込んでくるつもりなのだろうシグベルドの姿を想像してカタカタと震え上がった。逃げたと見なされたらどうなるのだろう。

けれど、逆に良い機会なのかもしれない、と思い直す。

どうせこのままにしてはおけないのだから、一度しっかりと話し合いをしなくてはならないのだ。

「……いいわ、いっそのことときちんと腹を括《くく》って話そうじゃない！」

半ばやけくそのように呟いて、両手を握り締めた。

心の中で祈る。どうか穏便に話し合いが終わりますように、と。

そうと決まれば、まずは最低限の出迎えの準備をしなくてはならない。

「近く皇太子殿下がいらっしゃいます。失礼のないようにお迎えの準備をしてちょうだい」

執事やサーラをはじめ、城の使用人たちに命じて、食材や部屋の用意を調えさせる。

いったいどれだけ滞在するつもりなんだろう。供は何人連れてくるんだろう。短い手紙からでは必要最低限知りたいことも判らない。

それでもなんとか準備を終えた頃、私の許へ届いた新たな報せ《しら》は予期せぬものだった。

報せを持って城へと駆け込んだのは、私も見覚えがあるシグベルドの護衛騎士だ。

騎士は身体の至るところを血に染め、幾つもの傷を負いながら私へ目通りを願い、そして告げた。

「皇太子殿下がこちらに赴かれる最中、何者かに襲われて行方が知れなくなりました。至急応援と捜索のためのご協力をお願い申し上げます！」

そう聞いた直後、冷たい水を浴びせられたような感覚と共にすうっと血の気が下がる。

瞬時にして幾つもの疑問が頭に浮かんだ。

「……どういうこと？　なぜシグベルド様がこちらへ向かう情報が外部に漏れているの？　あの方は常日頃から暗殺に備えて、私的な外出に関する情報は徹底して伏せるはずです。それに仮に襲われたとしてもシグベルド様ご自身が一個中隊に匹敵する実力をお持ちでしょう。よほどの不意を突かれない限り、生半可な襲撃者の前に膝を折る方ではないはずです」

その実力は一ヶ月前のあの夜会でも窺える。

襲いかかった貴族が素人だったとしても、多くの人の気配がある中で背後から殺意を向ける者を的確に判断して斬り捨てている。

移動中はもっとも狙われやすく、それを嫌というほど承知している彼が、おいそれと後れを取るとは思えない。大体彼の護衛騎士は何をしていたのだろう。

私の問いに騎士が顔を強ばらせながら低頭した。

「そ、それが……情報がどこからか漏れていたようで、待ち伏せに遭いました。ゆうにこちらの三倍に匹敵する人数で、私どもも殿下をお守りすることができず……戦いながら逃れ散る間に殿下のお姿を見失ってしまい……申し訳ございません！」

それこそ額が床につくほどに頭を伏せる騎士の後頭部を見下ろしながら、私は自分でも奇妙に感じるくらい冷静に考えていた。

原作では既に皇帝として君臨していたのだから、彼が今死ぬようなことはないはず。

でもこの世界が本当に私の知っている原作通りに進むとは限らない。

誰かの行動次第でストーリーが変わってしまう可能性は充分にあり得る。

実際私がそうやって、未来の自分の死を回避しようとしているのだから。

それにごく限られた者しか知らないはずのシグベルドの行動を見抜き、見計らったように待ち伏せされたというのも気になる。

婚約者が心身不調を訴えて領地に引っ込んでいるのだから、まともな男性なら見舞いに行くだろうというくらいの推測を立てたのかもしれないけれど、見舞いに来るには時期が遅い。

そもそもシグベルドが「まとも」な範疇《はんちゅう》に入るかは謎だ。

一般常識から行動を読んだというよりも、情報が漏れていたと考える方がしっくりする……そこまで考えて思い至った。

そう言えば回想の中で、皇太子時代に幼い頃から信頼していた人物からの裏切りを受けて死にかけたエピソードがあったはず。

それが原因で元々人を殆ど信じることのない彼がさらに人間不信になって、目的のためには手段を選ばない、よりいっそう冷酷で非情な性格になったのだと。

それが今回の出来事を指しているのかは判らないけれど……

胸の内がざらりと泥だらけの手で撫《な》でられるような嫌な感覚を覚えた。

もしエピソードどおりだったら、彼は今信じていた人から裏切られて、命の危機に瀕《ひん》している。

たとえ死ぬことはなかったとしても、たった一人でどれほどの苦痛に耐えているのだろうと思うと……このままじっとしている気分にはなれない。

「……襲撃を受けた場所は？　殿下とはどのあたりではぐれたの？」

騎士の報告ではその場所はこの城からそう遠くない。

シグベルドは帝都からウェザーズ城の城下町に続く森林地区で襲われたそうだ。

確かにあの辺りは逃げるにしても追うにしても身を潜めやすい場所だ。

でも逆を言えば襲撃者もそれは承知しているので、シグベルドを狙うならば重点的にその辺りを探すはず。急がないと先を越されるかもしれない。

「早急に我が公爵家の騎士団を派遣します。あなたには無理をさせますが急ぎ傷の手当てを受けた後、騎士団を率いて現場へ急行していただけますか」

「はっ。もちろんです、ありがとうございます」

公爵家お抱えの騎士たちへは既に話を聞いていた執事が急ぎ連絡を入れている。

私との会話が終わると準備を整えた騎士たちが駆けつけてきた。

報告をくれた騎士も簡単な傷の手当てを受けただけですぐ彼らと共に城を発《た》った。

本当ならゆっくり休ませてあげたいけれど、詳しい襲撃場所は彼じゃないと判らない。

「お嬢様……」

「大丈夫、シグベルド様はきっとご無事よ。こんなところで天に召されるような方ではないもの。それよりもサーラ、こちらも忙しくなるわ」

にわかにウェザーズ城内に慌ただしい雰囲気が広がっていく。

仮にもコンチェスター公爵領内で皇太子が命を落とすようなことがあっては我が家門もただでは済まない。シグベルドには無事でいてもらわなくてはならないし、彼が窮地に陥っているならば必ず救わなくてはならない。

何より純粋に、私が彼を助けたいと思う。

それは推しであろうがそうでなかろうが、人として当たり前の感覚だと思う。

新たに考え得る全ての準備を行うよう執事に命じて、私は自身もシグベルドや騎士たちの受け入れ準備に向かおうとするサーラを引き留めると自室へと移動した。

「ヘクターを呼んでちょうだい。それと急いで医薬品と食料、水を携帯できるように準備して。私でも持ち運べるくらいの量でいいから」

ヘクターとはサーラの幼馴染《おさななじ》みで、若手の騎士だ。

実直で真面目な彼は、私がサーラと同じく信頼する者の一人である。

「……お嬢様、何をなさるおつもりですか?」

「説明は後よ。とにかく急いで。くれぐれも誰かに見られないように内密にね」

サーラはますます困惑したようだ。でも私の様子から今はあれこれと質問している場合ではないと判断したのか、一つ肯《うなず》くとすぐに部屋から出て行った。

その間に私は自分でクローゼットの中からできるだけ動きやすく地味な衣装を引っ張り出す。

サーラが言いつけたものを麻袋に詰めてヘクターと共に部屋に戻ってきたのは、その着替えが終わった頃だ。

私の姿から、彼女はある程度察したらしい。

「……まさか、お嬢様自ら探しに行かれるおつもりですか」

「ええ。あなたはここで私の不在を誤魔化しておいて。そうね、殿下の無事を祈って礼拝堂に籠もっているとでも言ってくれればいいから」

「そんな、危険です!」

「仕方ないわ。私にしか行けない場所に行くのよ」

「えっ……」

「ヘクター。これから向かう場所については一切の口を閉ざしなさい。そして終わった後は場所の存在すら忘れること。もし約束を違えればあなただけでなく、その家族、そしてサーラも極刑を受けることになる。判ったわね」

強い口調で命じると、ヘクターはひるむ表情を見せた。

ここで言う極刑が死刑であることを瞬時に理解したからだ。

でもそれは一瞬だけで、すぐに表情を引き締めると肯く。

なぜこんなことを命じるのかと言えば、これから私が向かおうとしている場所は、コンチェスター公爵家の人間と、皇帝、そして私の婚約者であるシグベルドしか知らないところだから。

その行き先は騎士たちが向かった襲撃場所の森ではない。

私が知るシグベルドなら、身を潜めやすい、けれど同じように捜索されやすい森の中にいつまでもいるとは思えない。

誰かに追跡されていることを自覚しているならなおさら、振り切るためにその手段を講じるはず。

それが判っていてなぜ騎士たちを現場に向かわせたのかといえば、シグベルドの護衛騎士が信用できないから。だってあの騎士が言っていたでしょう？

何者かに待ち伏せを受けて襲われた、って。

もしもそれが裏切り者による襲撃ならば、その犯人がシグベルドの護衛騎士たちの中にいるかもしれない。先ほど報告してきた騎士だって本当に味方かどうか私には判断ができない。

もし想像したことが事実であれば、彼らは我が公爵家の騎士を使ってシグベルドを探し出して殺し、その罪をこちらになすりつける可能性だってある。

私が想像のつくことだから、シグベルドも確実にその可能性を考えたはずだ。

だから彼は戦闘のどさくさに紛れて自分の護衛騎士を含めた襲撃者たちから身を隠し、速やかに違う場所へと逃れた可能性が高い。

もしそうなら我が家の騎士を彼の護衛騎士に付けて襲撃場所を捜索させることで、シグベルドから彼らを遠ざけることができる。

だから私は我が家の騎士団長に内密に言い含めていた。できるだけ護衛騎士たちの動向に注意を払い、怪しい動きをしている者を見極めてくれ、と。

優秀な騎士だから、きっと私の意図を汲《く》んでくれていることだろう。

そして私は彼らに引きつけてもらっている間に、シグベルドが身を隠しそうな本命の場所を探そう、とそういうわけ。

「サーラ、後はお願いね」

供にたった一人ヘクターを連れて、こうして私は城を出た。もちろん表からではない。城の内部から外へと続く、秘密の通路を通って、だ。

もし万が一そこを抑えられていたら……原作と違って彼が生き抜くことができなかったら……そんな不安がないわけではなかったけれど、大丈夫、あの人はそんなに弱い人ではないはず。

そう懸命に言い聞かせて震える足に力を込めた。

婚約解消を願ってはいたけれど、だからって彼に退場してほしいわけではない。

さあ、行きましょう。

正直、全身を襲う鋭い痛みで沈みかけていた意識を取り戻したとき、真っ先に目にする顔が婚約者のものであるとは思ってもいなかった。

霞む視界の中、俺の顔を覗《のぞ》き込んだオクタヴィアは側にいる若い騎士に何事かを命じると、自らナイフを手に取って俺の衣服を切り裂き、傷の上をきつく包帯で締め上げていく。

突然の襲撃に大小の傷を負いはしたが、傷そのものは急所を外れている、命に関わるようなものではない。

だがおそらくは右腕に矢を受けた際に、その鏃《やじり》に毒が塗布されていたのだろう。

すぐに抜いて処置をしなければならなかったが、その暇もなく身を隠さなければならなかった。

その矢は今、力なく投げ出した手元に転がっている。

俺がようやく矢を抜いたときには、既に毒は全身に回ってしまっていた。

きゅっと唇を引き結ぶように噛みしめながら真剣な表情で傷の具合を確かめている彼女の顔は青ざめていたが、いつものびくびくおどおどとしていた様子は微塵《みじん》もない。

傍らに転がる変色した鏃の色を見てオクタヴィアは毒の存在に気付いたようだ。

「殿下、薬を飲めますか？　解毒薬です」

＊＊＊＊＊

傷に障らぬようにするためか、彼女の声は普段より低く抑えた、毅然としたものだ。

こんな声が出せたのかと奇妙なことに感心した。

特に俺と共にいるときには殆どが怯えているか、狼狽《うろた》えているか……そうでなければ一切の感情を殺すように黙り込んでいるかのどれかだったから。

彼女の呼びかけに応じようとしても、口も舌も凍りついたように動いてはくれず、指先まで冷たくなった手は痺《しび》れ、僅かに震えるばかりで思うようには動かない。

口をかすかに開いたまま荒い呼吸を繰り返す俺の頬に触れ、彼女の手はぎこちなく顔を上向かせる。

オクタヴィアは取り出した薬瓶から俺の口の中に薬を注ごうとしたが、しかし俺はその殆どを呑《の》み込《こ》むことができずに半端に開いた口の端からこぼれ落ちていく。

情けないことに身体にまったく力が入らず、自分ではどうすることもできなかった。

まるで人形のように虚空を見つめ続ける俺の様子に、オクタヴィアがその眉を顰《ひそ》めるのがなんとなく判る。

諦めたのかと思ったが、そうではなかった。

直後彼女は躊躇いなく薬を己の口に含むと、口移しでその薬を与えてきたのだ。

……随分長い間婚約者として付き合ってきたが、そういえば挨拶以上の接触はしたことがなかったな、とそんなことを思う。

下手くそな口付けだ。色気も情緒も味わいもない。

ただ、どうにかしようとする懸命さだけが伝わってくる。

「これから城へ移動します。お辛いと思いますが、今しばらく辛抱してください」

どうにか俺の喉がゴクリと薬を飲み込んだのを確認してから、唇を離したオクタヴィアはそう言って俺の額に手を当てた。

その手が冷たくて心地よい……あるいは俺の体温が高すぎるのか。

不思議なことに彼女が助けに来たのだと、その行動を疑う気持ちは湧いてこなかった。

彼女の必死な様子がそう思わせたのかもしれないし、そもそも俺に危害を加えるつもりならば放っておけば良いのだから。

だが疑問には思う。なぜ今、彼女がここにいるのだろう。なぜ、俺を助けるのか。

そして、どうしてそれほど辛そうな顔をしているのか。

どうでも良いことのはずなのに、そんなことが気になって、けれど問うことはできないままに意識が途切れる。

次に目覚めたときに見えたのは、暗い室内の天井だ。

夜なのか、あるいは窓のない密室なのか、傍らに置いてあるランプの淡い灯《あか》りと霞む視界では周囲の詳細を見て取ることはできない。

ただ、オクタヴィアがいることは判った。

何度も瞬《まばた》きを繰り返して、どうにか焦点を合わせると彼女は寝台に横たわる俺の傍らで、上体を伏

せるようにして目を閉じていた。

オレンジ色の光が彼女のローズピンクの髪と、長い睫《まつげ》に反射して少し眩《まぶ》しい。

目を細めながらも僅かに身動《みじろ》げば、その振動が伝わったのか閉じていた瞼《まぶた》がハッとしたように開かれ、二、三度瞬きをした後で慌ててこちらを覗き込んで来る。

目を開けている俺の様子に、彼女は明らかに心底ホッとしたようにその口元を綻ばせた。

その、固く閉じていた蕾《つぼみ》が花開くような、自然と浮かべた彼女の笑みに目を見張った。

………どうにも奇妙なことが起こっているようだ。

不覚にも今の自分の状況を理解することができない。

「……は……」

ここはどこだ、と尋ねたはずなのに、喉が干からびていてまともな声が出ない。

声を出そうと声帯を震わせる僅かな振動にさえ痛みを覚えて、眉間に皺を寄せた。

それでも俺が何を問おうとしたのかを彼女は理解したようだ。

「ここは、コンチェスター公爵家の城、ウェザーズ城の隠し部屋です。殿下がこちらにいらっしゃることを知っているのは限られた者だけですので、ひとまず追っ手の心配はありません」

言いながら、水を含ませたタオルが口元に押し当てられる。

乾いて割れた唇に水分が染み込み、そこが少し柔らかくなってから、匙《さじ》で掬《すく》った水がそっと口の中に注がれて、今度は自分の力で飲み込むことができた。

むせないように、オクタヴィアは根気強く同じ作業を繰り返す。

どれほど繰り返された後だろう。

「……なぜ、お前が……いる」

「色々と聞きたいことがおありなのは判りますが、詳しいお話はもう少し回復してからにしましょう。お医者様には診ていただきましたが、はっきり申し上げてシグベルド様は重傷です。今は私の言うことを聞いて、眠ってください」

きっぱりと言い切るオクタヴィアの様子は、やはり明らかに普段の彼女とは違って見えた。

問《と》い質《ただ》したいが、確かに俺には休息が必要らしく、再び意識が薄れていく。

目を閉じると額に濡れたタオルを押し当てながら、小さく呟く彼女の声が聞こえた。

「眠っていても、眉間の皺は消えないのね」

……まったく不可解だ。

もっとも不可解なのは、そんな声も言葉も不快に思わない今の自分である。

………まあいい、今は眠ろう。

彼女にどんな目的があろうと、できるだけ早く自分で動ける程度には回復しなくてはならない。

その上で、知っていることは全て聞き出してやろう。

額のタオルはそのままに、また別の濡れたタオルが俺の肌に滲《にじ》んだ汗を拭う。

その感触が首筋から顎の辺りに触れたとき、ほんの僅か、ぞくりと身体の芯が震えるような気がしたが、それが何かを自覚するよりも早くに意識が沈んだ。

＊＊＊＊

結論から言って、シグベルドは襲撃場所の森から逃れ、ウェザーズ城の隠し通路に続く入り口の近くで倒れていた。

私が睨《にら》んだとおり、彼は限られた者しか知らぬ場所に身を隠していたのだ。

でも発見した彼は相当な深手を負っていた。

一番大きな傷は右脇腹の長い傷だ。

けれどもっとも深刻なのは右腕に受けた矢傷の方で、私が駆けつけたときにはもう矢は自力で抜き取られていたけれど、明らかに変色した鏃が毒の存在を示唆していた。

毒の種類が判らないので効くかどうか不安だったけれど、一応念のためにと飲ませた薬は、信頼できる医者に診せるまで彼の命を繋ぐ役には立ってくれたようでホッとした。

その他にも急所こそ外れているものの、大小様々な傷が刻まれていて、襲撃の苛烈さを想像させる。

一方でシグベルドの護衛騎士や、公爵家の騎士たちはまだ戻らない。

ただ定期報告は届いていて、それによると血の染みた鞍《くら》を乗せたシグベルドの愛馬だけが襲撃場所の森からいくらか離れた場所で見つかったそうだ。

きっと足取りを追われないように、途中で放したのだろう。

訓練を受けた賢い馬は主人の意思をくみ取って、自らの足で反対方向へと距離を取ったらしい。

幸いシグベルドは保護した翌日には意識を取り戻したものの、その後も傷と毒のせいで高熱が続き、私はサーラと交代しながらその世話をした。

結局、シグベルドと話ができるようになったのは、彼を救い出して三日が過ぎた頃だ。

「まずは礼を言う。お前に救われるとは思っていなかった」

まだ満足に身体を動かすこともできないくせに、すっかり尊大な言動を取り戻した彼はいかにも皇太子、という感じだ。

だけどまだ体調が悪いせいか、あるいは別の理由か、彼の持つ独特な威圧感は大分薄れていて、怯えずに普通に言葉を交わすことができる。

「皇太子殿下の危機を知って放っておけないほどには忠臣のつもりです」

「だがお前は俺との婚約解消を望んでいただろう。俺が死ねば手っ取り早く解消できたのではないか？」

「確かに私は私なりの事情で婚約解消を望んでいますが、だからといって殿下に死んでほしいわけではありません。できれば幸せになっていただきたいと思っています」

「幸せ、か」

鼻で笑われるかと思ったけれど、意外にもシグベルドはその言葉を苦笑で受け止めた。

なんだかそんな言葉を初めて聞いた、みたいな反応をするのね。

これから彼がどんな道を歩むのかを少なからず知っているだけに、私まで複雑な気分になってしまう。

「……身体を拭きます。痛むようなら教えてください」

私に応急手当以上の医療の知識はない。

でも怪我人《けがにん》でも病人でもできるだけ衛生的にした方が良いということくらいは知っている。

お湯に濡らした清潔な布を固く絞って、少しずつ掛布を捲《めく》りながら彼の肌を拭った。

いっぺんに掛布を剥《は》がさないのは、彼が寒くないように。

そしてなるべくその裸体を目にしないように、だ。

そうでないとでもではないけど私が正視できない。

怪我人相手に妙なことを考えたくはないけど、この人ものすごく立派な身体しているんだもの。

箱入り娘には刺激が強すぎる。

でもドキドキしそうになるたびに、包帯に滲んだ赤い血の染みが見えて、浮つく心が冷えた。

まだ深い傷は塞がっていない……そうよね、たった三日しかすぎていないもの。

死ぬはずはないと思っていた。

でも、すぐに見つけられて良かったと思う。そうでなかったら、彼はもっと苦しく辛い思いをしながら、たった一人で耐えなくてはならなかっただろう。

「なぜ俺を助けた」

「先ほど申し上げました。死んでほしくないからです」

「俺が嫌いなのだろう？」

「嫌いではありません」

「むしろ大好き、だったか？」

「……っ……！」

シグベルドの口からその言葉を聞くとは思わなかったわ。

それと同時にその言葉を口走ったことを思い出して私の顔に一気に熱が上る。

思わず顔を背けようとすると、タオルを持つ手を掴《つか》まれて軽く引かれた。

いつもより鋭さが欠けた、でも力を宿した瞳に見つめられて、ますます顔が熱くなり、身の置き所がない気分だ。

「そ、それはどうか、忘れてください。余計なことを言いました……」

しどろもどろで訴えると、ふっと彼が笑った。少しだけ意地悪な笑みだ。

でも、そんなに怖くない。

「お前は奇妙なことを言う。嫌われているのかと思ったら、好きだと言う。婚約解消してくれと言いながら、わざわざ俺を助けにくる。幸せになれと言いながら、突き放す。そのくせ甲斐甲斐《かいがい》しく世話を焼く……まるで手玉に取られている気分だ」

「そ、そんなわけありません⁉」

「ビクビクと怯えているように思うのに、やはり好かれてもいるような気がする。以前は恐れ、嫌悪されていたように思うが……変わったのはお前の誕生パーティがあった頃からか？」

……鋭い。

私に興味がなさそうなそぶりだったのに、意外とちゃんと見ているのね。

じわじわと嫌な汗が滲んだ。

その赤い瞳に心の底まで暴かれて丸裸にされそうな気がする。

私の手を掴む彼の指をそっと外して、誤魔化すように告げた。

「わ、私も少し大人になったのです。それだけのことです」

「それだけ、で説明するには大きすぎる変化のように思うがな」

判っているわよ、苦しい言い訳だって。

離れようとした私の指を捕らえ、するっと指の間に絡むように割って入る彼の指の感触に、ひえっと声を漏らしそうになりながら、寸前で堪えた。

な、なんなんでしょうね、この接触は？

意味なんてないよね？　そうよね？　怪我人のくせにどうしてこの人こんなに格好いいの？

「そ、それよりも。まだ、殿下の行方を騎士団が捜しています。どのようにしましょうか」

当然ながら襲われたシグベルド自身で誰が犯人であるかは既に承知している。

「もう二、三日はそのままにしておいて良い。せいぜい方々を捜し回らせておけ」

「我が家の騎士たちも寝る間を惜しんで捜索しているのですが？」

「そちらには後日個別に褒美を出す。もちろんお前やこの城の使用人たちにもだ」

私自身は別に褒美を期待して行《おこな》ったことではないのだけれど、私が受け取らないと皆も受け取れないだろうから、ここは形だけでもありがたく頂戴した方が良いだろう。

「……このたびのことを内々に、父には報告してもよろしいですか？」

「その必要はない。話すべきことは俺から話す」

私は黙っていろってことね。後からなぜ報告しなかったとお父様からお叱りを受けそうだけど、皇太子殿下の言うことには逆らえないから仕方ない。

包帯の交換と清拭《せいしき》を終え、その後食事と薬を摂《と》った後でシグベルドを休ませた。

彼は平気そうな顔をしていたけれど、まだ三日しか経《た》っていない。これ以上の長話は負担だろう。

そう思っての予想は当たっていたようで、程なく彼は再び眠りにつく。

無防備な寝顔なのに、眉間にはやっぱりきつく皺が寄っていて、これはいつものことなのか、それとも傷が痛むのか身体が苦しいのか判断ができない。

特に強ばっている右腕の肩の辺りを、傷に触れないようにそっと擦ってやった。

そしてそれからさらに三日後。

シグベルドは自身の護衛騎士たちに対し、あえて皇太子の遺体が発見されたと誤報を送った。

報せを受けてウェザーズ城へと入城した護衛騎士たちは、そこで自らの足で立って彼らを迎えたシグベルドと対峙《たいじ》することとなる。

彼らの反応は真っ二つに割れた。

約半数の騎士たちは驚きながらも心から安堵した表情でその足元に跪《ひざまず》き、ガルシアと名乗る護衛騎士隊長以下数名は明らかに驚愕《きょうがく》した表情を浮かべて青ざめたのだ。

「俺も見る目がないな。まさかお前に裏切られるとは」

笑いながらも、ガルシアへと向けるシグベルドの瞳には明らかな怒りが見える。

それこそ見た者の背筋を凍えさせるほどの怒りだ。

それが私へと向けられたものではないと判っていても、横から見ているだけでも震えるくらい怖かったから、まともに受けたガルシアと彼に加担した騎士たちの恐怖は相当なものだったと想像できる。

でもそこでかろうじて声を上げることができたのはさすがと言おうか。

「ご、誤解です、皇太子殿下！　我々は殿下の忠実な騎士でございます……！」

「そうか。昨今の忠実な騎士とはいきなり背後から斬りかかってくる者のことを言うのか」

「そ、それは……ち、違うのです、どうか殿下、弁明をお許しください！」

「もちろん話はゆっくり聞かせてもらおう。くれぐれも自決などというつまらない真似はするなよ。真実を明らかにせぬまま逃げるようならば、お前たちの責は家族が背負うと心得よ。たとえそれが年老いた親でも、産まれたばかりの赤子でも同様だ」

シグベルドが彼らとともに帝都に戻ったのはそれからさらに三日が過ぎた頃だ。

いくら公爵領から帝都までが近いとはいえ、ほぼ一日は馬上の旅。まだ十日足らずで傷は癒えてないはず、もう少し身体を休めてからの方が良いと引き留めたけれど、元々これほど皇城を空けている予定ではなかったからと聞き入れてはもらえなかった。

「オクタヴィア。体調に問題はないか」

「私はまったく何ともありませんが？」

「なるほど」

正直に答えて、首を傾《かし》げる。

身体に心配があるのはシグベルドの方だろう、なぜ私に確認するのだろう。

ひょっとして気を遣ってくれたのだろうか、なんて考えていたけれど、ハッと気付いたのはその後だ。

……そうだ、私、体調不良で療養するという名目で領地へ引っ込んでいたんだった。

シグベルド襲撃事件のインパクトが強くて、すっかり頭から飛んでいた。

「え、ええと……」

この雰囲気だと仮病だったというのが、なんとなくバレていそう。ううん、元々バレバレだったのかもしれない。

「そ、それは、その……体調不良だったのは事実で……でもそれ以上にシグベルド様のご容態が心配だったというか、ええと、ショック療法というか、そ、それどころでなかったというか……！」

嘘ではない。シグベルドの襲撃事件やその後の彼の保護、看病諸々《もろもろ》に気を取られて自分のことは二の次三の次になっていたのは本当だ。

曖昧に笑って誤魔化そうとするけれど、今回は駄目だった。

「そうか。それほど俺のことを案じているならば共に帝都へ戻れ」

「そんな、もう私がいなくても」

「俺が心配なのだろう？」

……なんだろう。シグベルドはいつもと同じように無表情のはずなのに、その眼差しにちょっとだけいつもと違う何かがある。

強いて言うなら楽しんでいるような、からかっているような、あるいは意地悪そうな？

心配なのだろうと問われて、さすがに「いいえ」と答えることもできずにいると、

「お前とは話すべきことがある。同行しろ」

「…………はい。カシコマリマシタ……」

命じられては仕方なく応じるしかない。

それに彼の身体が心配なのは本当だったので、結局私も共に帝都へ戻ることになった。

こうなったら、後日改めて婚約解消をお願いしよう。

一応今回のことで彼に貸しができたようなものだし、ご褒美として求めたら彼も話くらいは聞いて

くれるかもしれない。

シグベルドが受け入れてくれたら、お父様だって引き下がるしかないよね。

婚約解消が認められたら、私は改めて領地に帰ってしばらく帝都に行くのはよそう。

領地の都だって帝国の主要な都市として華やいでいるのだし、生活する分にはまったく困らないもの。

これまで未来の皇后として施されていた勉強も必要なくなるだろうから、空いた時間で何か趣味を見つけて、そちらに没頭するのでもいい。

いずれ自分の身の丈にあった人と結婚して、家庭を築ければ良い。

私みたいな小心者が求めるのはそれくらいできっと、ちょうど良いのだ。

そんなことを考えながら、シグベルドと共に帝都へ戻った私だけど、後日改めて話を聞くと彼は言っていたのに、それから半月以上が過ぎてもお声はかからなかった。

でもそれを不満に思うことはない。

だってその間、怪我を押して彼があれこれと事後処理に動いていたことを知っている。

そのせいか、シグベルドが刺客に襲われて傷を負ったと情報を伏せることはできなかったけれど、彼の健在ぶりを披露することで騒ぎは最小限に抑えられただろう。

それでも口さがない者はいる。

帝都に戻ったならば、私も公爵令嬢としてお父様の命令で再び貴族社会の付き合いにも戻らねばならず、参加した茶会や夜会などで常に彼に関する噂《うわさ》を耳にした。

「さすが皇太子殿下は常人離れしたお身体をお持ちだ。何でも胸を刺されても顔色一つ変えずに、瞬く間に治ってしまったとか」

「いやいや、きっと痛覚などお持ちではないのだろうよ。人前で血を流すことに慣れているお方だからな……野蛮……いや、実に頼もしい」

その多くはシグベルドに対して好意的とは言いがたい。

無理もないとは思う、だって大勢の前で平気な顔をして人の腕を切り飛ばすような人だから。

それだけでなく、これまでにも自分に敵対する者に対しては冷酷で容赦がないし、皇帝とは違って賄賂やおべっかも通用しないから、扱いにくい彼を嫌う貴族は一定数存在するのだ。

そのため今回のことも襲われたシグベルドより、彼を裏切った騎士へ同情する者も少なくなかった。

「ガルシア卿《きょう》は殿下がご幼少のみぎりからおそばでお仕えしていた騎士だろう。にも関わらず、死を命じられたらしい。聞けばガルシア卿には事情があったというではないか。それに耳を貸しもせず、家族もいるというのにお気の毒な話だ」

噂に聞いた話、ガルシア護衛騎士隊長は娘が難病となり、治療に莫大《ばくだい》な費用と専門医の治療が必要で、それを得るためにシグベルドと敵対する貴族に買収されたらしい。

結局その貴族もろともガルシアは極刑を命じられたのだけれど、事情が事情だからと一部の貴族たちからは同情を買っており、まるでシグベルドの方が悪者みたい。

「ねえ、オクタヴィア様もそのように思われるでしょう？　本当にお気の毒ですわ」

貴婦人たちが集められたお茶会の席で、私に面と向かってそう言い放ったのは、モンテオール侯爵夫人だ。

夫の侯爵が他の皇子を支持しているため、元々反皇太子派の人物だけど、今の時点ではまだ皇太子の婚約者である私にそんなことを言うなんてなかなかに挑発的だ。

でもこれは私も悪い。以前の私は婚約解消こそ口にはしなかったけれど、誰が見てもシグベルドを忌避していると判る言動をしていたから、侯爵夫人にとって私は親の命令で仕方なく恐ろしい皇太子の許へ嫁ぐ哀れな令嬢のままなのだと思う。

その上で取り入っておけば良い駒に使えると、そんなことを考えているのだろう。

連帯感を得るために誰かを悪者にするというのは、まあ効果的な手段の一つだもの ね。

以前の私ならやっぱり、面と向かってうかつなことは口にせずとも、侯爵夫人を咎《とが》めることもしなかったかもしれない。

でも今は、そんな気分にはなれなかった。

溜息を吐く。

「……ガルシア卿の事情が事実であれば、確かにお気の毒ではあります」

「ええ、そうでしょうとも。本当に殿下は人のお心を知らない……」

気を良くしてなおも不敬の言葉を紡ごうとする侯爵夫人を見据えて告げた。

「であればこそ、なおさらガルシア卿に同情は不要であると私は考えます。殿下のご幼少のみぎりからの忠臣であると言うならば、ガルシア卿は殿下を裏切ってはならなかった」

「……まあ。ではオクタヴィア様はお嬢様を見殺しにしたほうが良かったと？」

反論されたことが気に食わなかったのか、モンテオール侯爵夫人の眉が動いた。

上品に微笑みながらも不満そうな表情を隠し切れていない。

「そうは申しておりませんわ。それほどの事情がおありなら、まず殿下にご相談するべきだったのではと考えます。殿下もガルシア卿に恩義を感じておいでならば、手を尽くしてくださったでしょう」

「それができれば……」

「もしくは裏切りを唆《そそのか》した貴族の情報と引き換えに交渉することもできた。それをせずに殿下を裏切る選択をしたのですから、ガルシア卿も失敗したときはどうなるかをご承知されていたのでは？」

皇族の暗殺に加担した場合は死罪。そんなことは子供だって知っている。

「そうでなくとも、シグベルド殿下は日頃からご自身に敵対する相手にどのような処断をするかは明確に示しておいでです。それにも関わらず行動なさったのですもの、ガルシア卿もお覚悟の上でしょう。それに殿下は家族も連座するところをご本人のみの処刑で収めてくださったのですから、充分温情をかけておられるかと思います」

扇で口元を隠しながら私は微笑んだ。

「それとも夫人は仕方ない事情があったなら、仮にご自分の命が狙われてもお許しになられるのですか？　その理屈なら事情があれば自分の都合で人を殺しても良い、ということになりますわね？」

侯爵夫人の顔が露骨に強ばる。

自分の分が悪いと感じたのか、あるいはあてが外れたのか侯爵夫人はそれからあれやこれやと適当に言いつくろって、逃げるように去ってしまった。

その背を見つめながら、私はまた扇の陰で溜息を吐く。

「承知の上でしょう、なんて……私も人のことは言えないわね」

だって一度は受け入れた婚約を、自分の都合で解消しようとしているのだもの。

だけど信頼する人に裏切られたというわりにはシグベルドの人間不信は心配したほど悪化はしなかったように思う。

もしかすると私が無事に保護できたことで、少しは緩和されたのかもしれない。

それなら話も通じるはず……どうか穏便に済みますように。

けれどそんな私の願いは届かない。

というのも、この数日後にようやくシグベルドから皇太子宮への呼び出しを受けて出向いた私を待っていたのは、こちらの申し出を却下し、婚約の続行を命じる彼の言葉だったのである。


「あの……どうか、お考え直しいただくことはできませんか」

襲撃を受けてすでに一ヶ月あまり。

お身体の方は大丈夫でしょうかと尋ねた私に、問題ないとあっさり返した後の彼の言葉は「婚約解消は受け入れられない」というものだった。

彼は、私が領地に引っ込む前に送りつけた手紙を目の前のテーブルの上に放り投げると、その赤色の瞳をじっと私に向けてくる。

不思議と以前ほどその眼差しに恐怖を覚えることがなくなったのは、少なからず看病した時間の中で彼の持つ雰囲気に慣れたからかもしれない。

それでも独特の威圧は未だ健在で、尋ねる私の声を僅かに震えさせた。

「考え直す必要も理由も、こちらには存在しない。この手紙は見なかったことにする」

「そんな……困ります！」

「なぜ困る？　お前は俺を好いているのだろう。あれほど熱烈な告白をしたではないか。そして献身的な看護をした。」

うぐっと言葉に詰まりそうになるけれど、今はどんなに怖じ気づいていても黙っている場合ではない。頑張れ、私。

「わ、私に皇太子妃は務まりません。もっと他に相応しい方が……！」

「幼い頃から皇太子妃教育を受け、筆頭公爵である宰相の後ろ盾を持つ、そんな娘が他にいると？」

「……向いているかどうかは別の話です。それにたとえ姻戚という縁はなかったとしても、我が公爵家はきっと殿下のお力に……」

「悪いが確かな契約のない、言葉だけの約束は信じないことにしている。特につい最近、それで裏切られたばかりだからな」

「……私は、殿下を裏切ったりしません……」

「今まさに俺から逃れようとしているのに？　一度交わした約束を自分の事情で翻《ひるがえ》すことは裏切りとは言わないのか？」

「それは……」

困った。反論できない。同じことを少し前に自分でも感じていたからなおさらに。

シグベルドがもっと感情的に訴えてきたら、私も同じく感情的に返すこともできただろう。

でも彼は淡々と冷静に事実を告げるから、私の方がどれほど無茶《むちゃ》なことを言っているのかと現実を突きつけられた気分になってしまう。

目を伏せた私になおもシグベルドは冷静で、容赦のない問いを重ねてきた。

「そもそもお前のその要望を公爵は知っているのか。どうも様子を見る限り、お前の独断のように思えてならないが？」

「……お父様には、殿下のご了承をいただいてからお伝えするつもりでした」

「ということは俺が承諾をしない限りは公爵も認めないと判っているのだな」

またも沈黙した。どうしてこの人、痛いところばかり突いてくるの。

このときシグベルドを見る私の目は少しばかり恨みがましいものになっていたかもしれない。

彼は口元にようやく、ふっと皮肉っぽい笑みを浮かべて、おもむろにソファから立ち上がった。

テーブルの向こうから回り込むようにこちらに歩み寄ってくる彼の姿に、私も腰を浮かしかけるけれど、私を見下ろすその視線の強さに身動きができなくなる。

目を逸らすこともできずに顔を強ばらせたままその顔を見上げる私にシグベルドは言った。

「本気で破談を望むのなら、お前は俺を救うべきではなかった」

「そんなこと……」

「お前は唯一自由になれる可能性を、自分の手で潰したんだ。俺が生きている限り、お前との婚約を解消することはない。諦めろ」

……もしもこの言葉を、もっと熱っぽい眼差しで情熱的に告げられたなら、私は容易《たやす》く舞い上がったただろう。

愛されているのかもしれないと、我ながら呆れるくらい簡単にその気になったかもしれない。

だけどシグベルドの今の冷めた瞳からはとてもではないけど熱らしい熱は微塵も感じられず、彼が求めているのはあくまでもコンチェスター公爵家の後ろ盾なのだと思い知らされる。

仕方がない、元々そういう関係なんだから。

そう思っても、なんだかひどく惨めな気分で問いかけた。

「……殿下は、なぜ帝位をお望みですか？」

「俺の目的に、その地位が必要だからだ」

彼の返答には少しの迷いもない。

「皇帝になることで、その命が危うくなったとしても？」

穏やかとは言いがたい問いを重ねた私に、シグベルドの顔からまたスッと表情が消える。

そのまま身を屈《かが》めて、ソファに座ったままの私へ覆《おお》い被《かぶ》さるように身を乗り出してきた。

予想外の接近に思わずにじり下がるように座る位置を横へずれようとしたけれど、私の行く手を遮るように彼の腕が伸びて背もたれを掴む。

強ばる私に彼は言った。

「オクタヴィア。お前の目に、我が帝国はどのように映る？」

「えっ……」

その言葉を聞いた瞬間、私の脳裏に蘇る言葉があった。

それは原作の終盤、主人公たる第五皇子アルベルトが皇帝シグベルドを討伐せんと、最後の戦いの場となる玉座の間に辿《たど》り着《つ》いたときのことだ。

第五皇子は兄であるシグベルドに問いかけた。

『あなたは何を成し遂げたかったのですか』

その弟に、シグベルドは答えたのだ。

『それが判らぬお前には、この帝位は手に余る。世の中の全てが、お前のように甘い平和主義で解決することばかりだと思うなよ』

と。

主人公はなおも、そのために多くの人を切り捨てても良いのかと言葉を重ねていたけれどシグベルドは取り合わなかった。

アルベルトがシグベルドの言葉を理解するのは、その手の剣で兄の胸を貫いた、彼の死後のことである。

皇帝シグベルドの治世は血を流し、命を奪い、恨みを買うことを躊躇わない恐怖政治と言われていたのは確かだ。

しかし反面彼の政治は寄生虫のごとく国を蝕《むしば》む、権力を持ちすぎた貴族たちの力を削り落とし、一部に偏った富や力を分散させることで滅びへと向かっていた帝国の未来を延命させることに成功していたのだ。

ヴォルテール帝国はこの大陸の南部一帯を支配する巨大国家だ。

軍事力も生産力も、商業力も桁外れに抜きん出ていて、大陸全土を比較しても対抗できる国はそう多くない。

でもだからこそ巨大に膨れ上がったその国は、巨大な癌《がん》……汚職や腐敗行為に手を染める肥え太った貴族が病のようにその身のうちを蝕んでいる。

その病は政治に消極的であった前皇帝、つまりシグベルドやアルベルトの父の時代により悪化した。

シグベルドのやり方は苛烈で容赦のない行いではあったが、病の元を的確に切り落とすその行いは、この帝国には必要な抜本的な外科手術そのものであったと締めくくられている。

主人公は、シグベルドが命を賭けて成した偉業の上に成り立っている。

私がシグベルドというキャラクターに惹かれたのも、シグベルドが作った土台の上で甘っちょろい正義を振りかざす主人公より、たとえ己の手を汚しても信念を貫く敵役の方が好きだったから。

その、ある種高潔な姿勢に心を奪われたからだ。

ああ、そうかと思った。

今はまだ帝位に就く前だけれど、この頃から、いいえもっと以前から既に自分が行うべきことを見据えていたのか。

確かに現在の皇帝はあまり公の場に出てこない。

どうしても必要な場合にのみ、申し訳程度に姿を見せるだけで、現在の国政は皇太子と宰相、一部の貴族たちを中心に行われていることは、この国の貴族なら誰もが知っている。

多くの貴族たちはシグベルドが皇太子という立場を利用してやりたいようにやっていると言うけれど、これほどストイックに自身を国に捧げている人は他にいないのではないだろうか。

「……あなたは、国を救いたいのですね」

それまで滅多《めった》に感情を見せることのなかった彼の顔に、このとき僅かな表情が浮かんだように見えた。

それは僅かで細やかな変化だったけれど、とても深いもののように感じて、知らず知らずのうちに魅入るようにその瞳を見つめてしまう。

そのとき、シグベルドの唇が動いた。

「そうだ。だから俺は、なんとしてでもお前を手に入れ、自分の地盤を固めなくてはならない。たとえどれほどお前がそれを疎んでも」

えっ、と自分の口から間の抜けた声が漏れたけれど、それを自覚する前に私は唇を塞がれていた……シグベルドの、同じそれによって。

「……？　…………っ、んんっ⁉」

直後、自分が何をされているのか理解できなかった。

これはキスだと理解した瞬間、驚いて咄嗟に身を引こうとしたけれどソファの背もたれにがっちり押さえつけられて身動きができない。

予期しない口付けに呼吸を奪われ、動揺と息苦しさでなんとか唇を外して息をしようとすれば、すかさず開いた唇の間に生温かく肉厚な舌が滑り込んできて、その内側を蹂躙《じゅうりん》される。

反射的に彼の舌を己の舌で押し返そうとしたけれど、逆にその舌を強く擦《かす》り合わせるように吸い上げられ、舌の根を慰撫《いぶ》するように探られたとき、ぞくぞくっと顎から背筋を伝うように痺れるような刺激が走って力が抜けそうになった。

崩れそうになった身体を支えようと無意識に縋ったのはシグベルドの腕だ。

その腕に、ぐいっと引き寄せられるように抱きしめられて、私の視界がチカチカと明滅する。

（何？　何が起こっているの？）

キスという行為は理解していても、そこに至るまでの流れが突然の出来事で、私の頭の中が完全に処理落ちしている。

それだけでも混乱を招くというのに、輪を掛けて私の思考を狂わせているのは快感だ。

残念ながら前世も含めてこれまで異性との交際に縁のなかった私は、この手のことにまったく免疫がない。

でも、シグベルドとのキスがとんでもなく気持ち良い、というのは理解できる。

ただ唇を合わせているだけではない。口内を暴かれ、歯列をなぞられ、頬の内側や顎、舌の付け根まで愛撫《あいぶ》するような口付けは、とてつもなく淫らで、身震いするほどの快感だった。

正直、キスの何がそんなに気持ち良いんだろうって思っていた。

唇を重ね合わせて、舌でちょっと遊ばれるだけでしょ、って。

でも、私は全然理解していなかったみたい。だって唇が触れるだけで心地いい。

柔らかく温かく、そして少しざらついた舌と絡み合うと、ひどく淫蕩《いんとう》な気分になってそれが余計に快感を与えてくる。

私の身体を抱え込む大きな手の平の感触が頼もしく、口付けながらその指に顎や首の下をなぞられると、産毛が逆立つようなこれまで経験したことのない、身体の芯からざわつく刺激に、喉の奥から鼻に掛けて子猫が甘えるような声が漏れた。

「んっ……んぁ……」

ぞくぞくする。神経に直接触れられるみたいに。

(だけどちょっと待って、これ、どうなっているの？　なぜこんなことになっているの？　えっ？　私今、シグベルドとキスしてる？　えっ？　なんで⁉)

まったく理解できないのに、ちゅっ、ちゅと角度を変えて繰り返される口付けを受け、いつしか私の身体からは完全に力が抜けてしまっていた。

上手く呼吸ができていないせいか、慣れない刺激のせいか頭がぼーっとする。

身体が熱くて、服の下の肌がしっとりと汗ばんでいる。

その汗で首筋に貼り付いた私の長い髪を剥がすために彼の指先が肌に触れた瞬間、ビリッと電気のように駆け抜ける愉悦に、肩がびくっと跳ね上がった。

「ふぁっ……」

咄嗟にこぼれかけた甘い声をシグベルドの口に塞がれる。

代わりというわけではないけれど、思わずその舌に強く吸い付いてしまう。

直後、唇が離れて、無意識に追いかけるように背筋を伸ばしたとき、ふっと間近で笑う気配がした。

笑われたか呆れられたのかと涙目で見上げた私は、そこで彼がほんの僅か満足そうに口の端を吊《つ》り上《あ》げている笑みを見た。

とたん、顔に熱が昇る。鏡で見なくても自分の肌という肌が真っ赤に染まっているのが判って、身の置きどころがない。

何か言わなくてはと思うのに出てくる言葉は「あの」とか「えっと」とか意味のないものばかりで、言葉らしい言葉を紡《つむ》ぐことができない。

この状況でただでさえ混乱しているというのに、私をさらに混乱の坩堝《るつぼ》に陥れたのは、シグベルドが突然ソファから私の身体をその腕に抱え上げたからだ。

「きゃあっ⁉」

何が何だかさっぱり判らず、抵抗することも従うこともできずにオロオロとする私を彼が連れ込んだ場所は……寝室。

部屋の中央に鎮座する天蓋付きの大きな寝台へとまっすぐに向かう彼の様子から、さすがにその目的を推測しないわけにはいかない。

慌てて彼の腕の中でもがくように手足をばたつかせたけれど無駄だった。

「暴れるな。怪我をする」

ドサリと下ろされた先はもう先ほどの大きな寝台の上だ。

今はまだ夕方だけれど、直前に彼が天蓋のタッセルを外したことで寝台をカーテンが覆い、その生地に光が遮られて周囲は薄暗い。

でも薄暗いだけで相手の顔も身体も見える。光の下にさらされるよりはマシ、という程度だ。

反射的に身を起こそうとした私は、それが叶《かな》わなかった。

両肩を掴まれてそのまま背中から押し倒されたからだ。

シグベルドは身を屈めると、私の首筋へと唇を寄せ、そこの肌に熱い舌が這《は》う。

「ひぁっ……！」

全身を焼くような熱と、薄い皮膚を貫くような刺激を前に、私は情けなくも切実な悲鳴を上げる羽目になった。

「待って、待って待って、おかしいです、絶対におかしい！」

「何がおかしいと？　充分考え得る行為だと思うが？」

首筋に口付けたまま、そこで喋らないで。

ぞくぞくと背筋を震わせる感覚に声がわななないてしまう。

半ば必死に私は叫んだ。そうでないと危ない。本当に、貞操の危機！

「殿下は、好きでもない、興味のない女性に、無理強いするようなタイプじゃないですよね⁉」

私の好きなシグベルドは手段を選ばない、女子どもだって容赦なく処罰を下す最恐ラスボスだけど、そういう意味での最低な男性ではなかったはず。

でも。

「興味がある相手にならいいのか？」

「えっ……いえ、その……あなた、女性に興味があるんですか？」

いけない。驚きすぎてうっかり余計なことを言ってしまった。

薄暗がりの中で私の目を見下ろす彼に表情の変化はない。

相変わらず感情の読めない無表情……に見えるけれど……そのとき、すうっとその目が細められて、優美な線を描く眉が顰められる。

確実に周囲の温度が二、三度は下がった気がした。

「これはまた、面白いことを言うな。お前は俺が女にまったく興味も欲も抱かない人形か何かだとでも思っているのか？」

「い、いえ、そんな、めっそうもない……！　そ、そんなはずないですよね、け、健康な、成人男性ですもんね……！」

どうしよう、私、ひょっとしなくても地雷を踏んだ？

私を見つめたまま、彼は肩を押さえていた両手を離すと、空いた片手で己の襟元のクラヴァットを緩める。

無造作に解かれたその隙間から覗《のぞ》く、筋張った太い首と喉仏、そして鎖骨を目にして、私はいけないものを見てしまったような気分で慌てて視線を彷徨《さまよ》わせた。

その視線を引き戻すように彼のもう片方の手が私の顎を捉え、正面へと向けさせる。

「いいか。お前には判るという前提で話をするが、仮に俺との婚約を解消したとしてどうするつもりだ」

「……それ、は……どこか、静かなところで、平穏に……」

「断言するが、望むような人生を送ることはできないだろう。お前はこの国でもっとも力のある宰相、コンチェスター公爵の娘だ。帝位を狙う男たちがお前をそっとしておいてくれると思うか？」

「それは……っ……」

……悔しいけれど、確かにその通りだ。私の知る原作では皇帝となったシグベルドと、主人公である第五皇子のアルベルトしか出てこなかったけれど、今は違う。

私がシグベルドの婚約者でなくなったら、アルベルトはともかく他の三人の皇子たちはなんとしても私を手に入れようとするだろう。

どう転がっても彼らが私を放置しておいてくれるはずはなく、下手をすれば帝位争いに巻き込まれて原作より早くに命を落とすことだって考えられる……何せ他の三人の皇子たちは原作が始まる前に帝位争いに負けているんだから。

「俺の許にいるならば、守ってやろう」

原作の皇后は、夫であるシグベルドを恐れ、毛嫌いして、一切夫に心を開かないまま彼を裏切った。

弁明の機会すら与えずにそんな妃を処刑したシグベルドの非情で苛烈な振る舞いは、回想でこれでもかと言わんばかりに描かれていたけれど、逆を言えば彼を裏切りさえしなければ……あんな殺され方はされずに済む？

仮に何かの奸計に巻き込まれて裏切りを疑われたとしても、心さえ通わせていたら話くらいは聞いてもらえる？

それは今まで考えないようにしていたことだ。

考えてしまうと逃げようとする意思が鈍ってしまうから、あえて目を閉じていた問題。

でもそれも彼の許に残って、心を通わせることができるようになったら、阻止できる？

それなら。

「…………私のこと、少しは好きですか？」

諸々の感情で揺れる心を懸命に抑えて、じっとシグベルドの瞳を見つめた。

彼の顔をまともに見るとやっぱり頬が熱を持つ。

私のいかにも夢見がちな少女らしい問いは彼を呆れさせるかもと思ったけれど、意外にもここで返ってきたのは、ふっと口元を綻ばせる、少しだけ意地の悪い笑みだ。

「さてな。好きだの嫌いだのと考えたことはない。俺たちはそんな感情で約束した婚約者ではなかっただろう」

「うぐ……そ、それはそうかもしれませんが……で、でも、少しくらい……」

「望む言葉を俺に言わせたいのなら、その努力をしろ。顔を合わせる度に汚らわしそうな怯えた目を向けられて、どうして好意を抱ける？」

「汚らわしそうな目なんて……でも…それは、その……ごめんなさい……」

確かに彼の言うとおりだ。

以前の私はこの婚約が嫌で嫌で仕方なくて、逃げたくて、でもそれができなくてシグベルドを恨みながら恐れていた。

そんな関係ではシグベルドが特別残酷じゃなくたって、夫婦の情なんて生まれるわけない。

項垂れるように目を伏せる私の顎を掴んだまま、彼が再び唇を塞ぐ。

今度はちゅっと軽く触れるだけのキスだったけど、私の目を白黒させるには充分だ。

「い、いま、そんな雰囲気でした……っ!?」

「無粋な問いをするな。はっきり言って以前のお前の言動は不快だったが、今は悪くない。なぜ急に変わったのか、その理由は追々尋ねるとして、今は他にすべきことがある」

どうやらシグベルドはそのすべきこと……つまり既成事実の成立を優先するつもりみたいだ。

私は身体の関係より、言葉の方が大事だと思うのだけど。

でも……シグベルドの目を見ると、ああ、引くつもりはないんだな、って察してしまう。

多分私が泣いて拒否すれば、彼はこれ以上のことはしないと思うけれど……。

「さ、再考の余地は……?」

「ない。そもそもお前には俺が真っ当な男であるということをまず教えてやる必要がありそうだ」

「ひょっとしなくてもさっきのこと根に持ってます……?」

女性に興味があったのか、とかなんとか。

問うと、彼はまたフッと笑った。

今度は意地の悪い笑みとは違う、何というのだろう。

免疫のない初心《うぶ》な女には毒に等しい、純度百%《パーセント》の色気をたっぷりと乗せた笑みだ。

ああ、本当に余計なこと言った。神様、今すぐ私を十分前に戻してください。

転生があるんだから、巻き戻しだってあってもいいじゃない。

だけど私がそんな余計なことを考えている間にもシグベルドはゆっくりと意味深に、そして挑発するように私の顎をなぞり、首筋から胸元へと指先を滑らせていく。

ざわっと肌が粟立《あわだ》つような感覚は、悪寒でも嫌悪でもなく、明確な快感だ。

この先を想像させるその指の動きに、男性のことなど何も知らないはずの私の身体が潤い始めるのを、嫌でも自覚せずにはいられない。

これは駄目だ、逃げられない……心の中で白旗を振って、せめてと私は懇願した。

「……ふ、二つ、約束してくださいますか」

「なんだ。言ってみろ」

「……もし、今後、あなたの目に私の言動が疑わしく見えるときがあったとしても……怒らずに、まずは話を聞いてほしいです」

今の私に、シグベルドを裏切る意思はない。推しであるということ以上に、彼を裏切る理由がないし、国を救いたいと願うその意志を尊重したいと思うから。

だけどどこで原作の強制力が働くかは判らないから、もし裏切ったと疑ったとしても話は聞いてほしい。そうすることで誤解が解けて解決するかもしれない。

とにかく問答無用でバッサリやられるのだけは嫌だ。

「いいだろう。もう一つは？」

もう一つ。そう問われて、私の顔がますます赤くなる。

ああ、やっぱり言うの止めようかな。でもいいや、もうこの機会に言ってしまおう。

「……あなたを怖いと思っていたのは事実ですが……少なくとも今の私は、本当にあなたを嫌っても疎んでもいません。信じていただけるのが難しいのなら……せめて私の気持ちを否定することは言わないでください」

先ほど彼が言ったように今までが今までだ。

散々避けられていたのに、突然好きだと言われてもシグベルドがまともに取り合うつもりになれないのは判る。

そもそも彼にとって私の存在はあくまでも政略的な道具。今後の自分の目的に必要だから望んでいるだけで、女性として求められているわけではない。

それが嫌なら、せめて少しでも愛してもらえるように私なりに努力するしかない。

たとえ政略結婚でも、婚約者との関係を少しでも良好にしようと努力することはできたはずなのに、それをしなかった自分が悪い。

だけど、やっぱり気持ちを否定されるのは辛い。

それが好意を抱いている相手ならなおさら……そこまで考えて私は改めて、目の前の人が生身の今を生きている、ここに存在している人なのだと実感した気がした。

「や、やり直しを……させてください。あなたに信じてもらえるように、頑張りますから……」

本で読むようにそこに書いてあることだけが全てなのではない。

こちらが何か言えば、その言葉に見合った反応を返してくる、当たり前の人間。

私だって物語の中に転生したけれど、私は何かシナリオに沿って生きているわけではない。自分で考えて、自分の意思で行動している。

今、ここで生きる私たちは、作られたキャラクターではない。

それなら、これまでと違う関係を作ることだってできるかもしれない。

そしてお互いに破滅へと進む道を変えることだってできるかもしれないわ。

「俺は、愛だとか恋だとか、そういった目に見えないものを無条件で信じることはできない」

「………そうですよね」

虫の良いことを言っている自覚はあったので、その返答には驚かなかった。

でも傷つかないでいられるわけはなく、できるだけ平静を装ったつもりだけれど、どうしても声が震えてしまう。

やだな、ここで泣きたくない。

熱くなる目から零《こぼ》れそうになるものをぎゅっと力を込めて耐えようとしたときだ。

「だがお前が言っていることが嘘のようにも思えない。……まったく、本当に意外なことだが」

「……えっ」

「オクタヴィア。その言葉が偽りであった場合、どうなるかは判っているな？　一度信じた人間に裏切られることを寛容に許してやれるほど俺はできた人間ではない」

彼の瞳が、まるで希《こいねが》うように私を見つめているように感じたのは気のせいだろうか。

最近も、彼は信頼している人に裏切られたばかりだ。

……そうよね、信じている人に裏切られるのは辛いよね。

誰だって嫌に決まっている。苦しいし、悲しい。なのにそんな当たり前の感情さえ、シグベルドは表に出すことができない人なんだと思うと、せっかく堪えた涙が溢れてしまいそうになる。

「信じろと言うのなら、まずはその覚悟を見せろ。貴族の娘としてもっとも価値のあるものを今ここで俺に差し出すなら、その言葉を信じてやろう」

言っていることは手厳しいのに、盛り上がった涙を散らそうと何度も瞬きを繰り返す私を、そっと抱き寄せる彼の両腕はとても優しい。

その両手が、先ほど押さえつけられたときとは違う力加減で私の肩から腕を撫《な》で下ろした。

大きくて、温かいその手の感触はドレスの生地越しにも伝わってくる。

触れられることを、私は抗わなかった。

選んだのだ、もう逃げない……自分の意思で、この舞台に残ると。

そして彼に信じてもらえるのなら、抱かれても構わないと。

先ほどからバクバクと激しく脈打つ心臓が飛び出してしまいそうで、両手で口を押さえるけれど、その手の片方を解かれて握られ、そして指先に口付ける優しい接触に、胸の奥で甘く疼《うず》く何かがあった。

……恥ずかしい。ものすごく、恥ずかしい。

「もう少し力を抜け」

「……そう言われましても……な、なにぶん不慣れなもので……どうしたらいいのか」

両手で自分の身体を抱きしめるように交差しながら、寝台の上で胎児のように身を丸くすると、シグベルドは変わらず私の強ばる肩を宥めるように擦りながら、私をうつ伏せにする。

ビッ、と背中から生地が裂かれる音が聞こえたのはその直後だ。

「えっ」

何事かと身を捩《よじ》ろうとしたけれど、生地を裂く音はそのまま続き、それに比例して私の身を包むドレスが剥《む》かれていく。

も、もしかして、ドレスの合わせ目が見つからなくてナイフで裂いた⁉

確かにシグベルドが女性のドレスを脱がせるのに手間取るなんてイメージじゃないけど、まさか刃物で裂くとは思わなかった。

しかも裂かれたのはドレスの生地だけではなく、その下のコルセットの紐《ひも》や肌着もブッツブッツと断ち切られてしまう。

さすが未来のラスボス、やることが、荒っぽいな⁉

でもそれを抗議する間もなく私は息を詰める羽目になった。

というのも、邪魔なドレスとコルセットを剥《は》ぎ取ることに成功したシグベルドは、衣装が緩んだ私の背後から胸に手を回し、そのまま両手で直に包み込んできたからだ。

「あっ！」

ぐにゅり、と彼の手の中で柔らかな胸が形を変えた。

触れるその手の平が熱く、そして少し硬い。

ざらざらとした皮膚で繊細な肌を擦られて、その摩擦から生まれる刺激と揉《も》み拉《しだ》かれる刺激の両方に、私の呼吸が容易く乱される。

……シグベルドの大きな手が、温かくて気持ち良い。

うつ伏せの格好で肘を立てることで、釣り鐘型となって少しボリュームを増した胸が良いようにこね回されるのも、何とも言えない心地よさがある。

「ん、んっ……んぅ……」

すぐに私の息は乱れ、喉の奥から小さな甘みを帯びた声が漏れ始めた。

体温がどんどん上がる。

汗ばむ肌から残るドレスの生地を引き下ろしながら、シグベルドは露わになった私の背に幾度も口付けを落とし、その肌の味を確かめるように舌を這わせる。

それだけで声が上ずりそうになる。チリチリと項《うなじ》から脳へと駆け上がっていくような小さな火花が幾つも散るようなじっとしていられない刺激に身もだえしてしまう。

触られることがこんなに気持ち良いなんて思わなかった。

もちろん誰でも良いわけではない。

シグベルドに触れられているからこそ、私の身体はその触れ合いを快感だと認識して、身体の芯の官能に火を付けるのだと思う。

「あぁっ！」

ひときわ高い声が上がったのは、彼の指が両方の乳房の先をぎゅっとひねり上げてきたからだ。

外気に晒され、胸を揉む刺激を与えられるうちにふっくらと尖《とが》り始めたその場所は、指で軽く扱《しご》かれるだけで針を刺すような鋭い刺激を与えてくる。

あっという間に充血し、自分でも見たことのないくらいに膨らんだそこを、飽きもせずシグベルドはつねり、引っ張り、そして指先で押しつぶすように転がした。

「こちらを向け、オクタヴィア」

言われるがままに上体をひねるように振り返れば、喘《あえ》ぐ唇を塞がれた。

中途半端に開いたその隙間から強引に割り込んだシグベルドに舌を舐《ねぶ》られ、そのキスに応じようと片腕を彼の肩に回すと、伏せていた身体が簡単にひっくり返されて仰向《あおむ》けになる。

上手なキスの仕方なんて知らない私はつい息を詰めてしまうけれど、時々シグベルドが呼吸のタイミングを取ってくれるのでなんとか窒息せずに済んでいる。

だけどそのたびに、何度も触れては離れ、角度を変えてまた繰り返されるキスの連続に、頭の中は沸騰寸前だ。

「ん、ふ、ぁ……」

恥ずかしい声なんて出したくないのに、粘膜同士を直接擦り合わせ、肌や敏感な場所に触れられると、どうしても子猫が甘えるみたいな声が鼻から抜けるように漏れてしまう。

恥ずかしくて止めてほしいのに、それ以上にもっと続けてほしい気がして、私ができたことは潤んだ目で彼に縋ることくらいだ。

抱擁を厭わない私の反応に、シグベルドがどう思ったのかは判らない。

でも同じように抱き返してくれると、妙にホッとした。

その気持ちのままに改めて私はぎゅうっと彼に抱きついた。裸に剥かれた胸が、まだ衣服を身につけたままの彼の胸に潰されて形を変える。

そんな私に、彼の方から再び唇を塞がれる。

優しく、そして淫らで官能的なキスだった。

そのキスは唇から頬、首筋へと移動して肌に鬱血の花を咲かせていく。

私の脆《もろ》い肌は彼に少し強く吸い上げられるだけで、いとも簡単に痕《あと》を浮き上がらせてしまうのだから困りものだ。こんなにはっきり残されたら、隠すのが難しい。

まだ正式な婚姻前でこんなこと、決して褒められたことではないのに。

でもその間もシグベルドは両手で私の乳房を脇から持ち上げるように握り、揉み拉き、すっかり充血したその先を指で扱く。

「ん、んっ……」

そこに彼の指が触れるたび、びくっ、びくっと肩が小さく跳ねる。

胸から身体の芯に向かって走る愉悦に、私は幾度も細かい吐息を漏らしながら、高まる体温と快感に翻弄されていた。

「ここが好きなのか？　良さそうな顔をしている」

指摘を受けるとおり、私は随分とろりとした顔をしているのだろう。

全身が熱くて、肌にはとっくに汗が滲んで湿っているし、思考能力が鈍るにつれて羞恥心も少しずつ薄れている……もちろんそれが完全に消えることはないのだけれど。

「……わか、りません……でも……気持ちいい……」

正直な言葉に彼は間近でフッと息を吐き出すように笑うと、再び私の肌に口付けながら、そのまま尖った片方の胸の先へ、ゆっくりと舌を這わせるように吸い付いた。

「んんっ」

咄嗟に奥歯を噛みしめたために、声がくぐもる。

無意識に腰がくねるように揺れたのは、その刺激をどう逃して良いか判らなかったから。

「あっ……ん、あ……」

か細くも、自分のものとは思えない甘えた声が漏れる。

そんなつもりはないのに、自然と胸を突き出す格好で背が反って、シグベルドは私の胸に顔を埋めるように乳首をその周囲の乳輪ごと食《は》むように舐《な》めしゃぶった。

同時にもう片方の胸の先を指でくびり出しながら。

「あ、あっ、あっ」

刺激が強い。指で触れられるたび、電気のような刺激が走ってびっくりするのに、痛みとは違った癖になる感覚をもっともっとと追いかけたくなる。

一方で温かく濡れた舌で舐め転がされ、吸い立てられると指とはまた違うじんわりと広がる愉悦が、背骨から腰へと伝い落ちて、まだ触れられてもいない場所まで反応してしまう。

時折当たる固い歯の感触もまた私を懊悩《おうのう》させた。

「ん、は……ぁ、んんっ……」

声が恥ずかしくて堪えたいのに、やっぱりできない。

ピチャピチャと肌を舐め啜《すす》る淫らな音が聴覚を刺激して、それもまた私から正気を奪ってしまう。

気がつくと、いつの間にか両足をすり合わせるように腰を揺らしていた。

それを知って彼がまた吐息を吐くように笑う気配が伝わってきて、私の羞恥がぶり返す。

真っ赤に染まった肌と、涙ぐみ蕩《とろ》けた視線を向ける私に彼は顔を上げると、もう何度目かも判らないキスをした。

……自ら求めるように舌を出していた。そこに直接擦り合わされ、絡みつく彼の舌から伝わる味に夢中になって吸い付く。

その間、私の両手はひっきりなしにシグベルドの肩を抱き、首裏に回ってその背に縋る。大きく、広い胸にすっぽりと包まれるように抱きしめられると、ひどく安心した。キスや肌に触れる愛撫もとても気持ち良いけれど、私は抱きしめられるのが一番好きかもしれない。

惜しむのは重なる胸に伝わるのがまだ衣装の生地や金具ということだけれど、張り詰め尖った乳首がその生地に触れるのもまた奇妙な刺激があって、やっぱり知らぬうちに私は自ら擦り付けるように身体を揺らしてしまう。

「積極的だな……嫌がってはいないようで何よりだ」

既成事実を作ると決めた彼だけれど、やっぱり無理強いには思うところがあったらしい。

案外素直に応え、甘えるように頬をすり合わせる私に安堵するような吐息を零《こぼ》して、腰回りに残っていたドレスを足元から引き抜くと、寝台の外に放り出してしまう。

紐を切られたコルセットも、シュミューズもドロワーズも。

ガーターで留めていた靴下も全て脱がして私を生まれたままの姿にした彼は、そこでようやく自身の衣装に手を掛けた。

自らも脱ぎ捨てて行くその仕草がどこかもどかしげで、それが彼に求められている証のように感じてお腹《なか》の奥が僅かに疼く。

はしたないとまた羞恥が蘇ってきたけれど、シグベルドが自らのトラウザーズに手を掛ける様子に思わずビクッと肩を揺らしてしまった。

その僅かな反応に彼は気付いたらしい。

「怖ければ目を逸《そ》らすなり閉じるなりしていろ」

「……はい」

有り難くそうさせて貰《もら》うことにした。私も無知ではないので男性のそこがどうなるのかは承知しているけれど、何分実物を拝見した経験がないので、目にして冷静でいられる保証はない。

……その、噂によると……けっこうグロテスクだと感じる人もいるみたいだし……

視線を泳がせるように彼の腰から上へと彷徨わせるうちに、手早く脱ぎ終えた彼が改めて身体の位置を変えてくる。

私の両足の膝裏へと手を回し、そのまま左右に広げることによって。

「う……」

……抵抗するつもりはなかったけど、でもやっぱり死ぬほど恥ずかしかった。

何しろそこがもうしとどに濡れていることは判っていたし、秘めた場所を異性どころか誰かの目前に晒すなんてもちろん経験がない。

隠したくてつい両足を閉じようとするけれど、大して力を込めているようには思えないのに彼の手には逆らえず、しかもその間に腰を落ち着けられては無駄なあがきだ。

却《かえ》ってそこを見せびらかすような動きになってしまって、文字通り顔から火が出そうだった。

「これだけ濡れていれば大丈夫そうだな」

「う、ああ……あっ……！」

中途半端に上げた両腕の下、思わず私が切羽詰まった声を漏らしたのは、無防備に晒されたそこに彼の指が触れたから。

シグベルドは私の下腹を手の平でさするように撫でた後、そのまま恥丘から滑り降りるように人差し指と中指で濡れた秘裂に沿って指を這わせた。

すうっと撫で下ろしたその指先は、指の腹で擦るように陰唇の間を掻き分けながら幾度か往復し、上部の僅かな突起を探り出してしまう。

「あ、あっ、あぁ……」

陰核の周囲を優しくなぞられると、ぬるま湯に浸《つ》かるようなじんわりとした快感が広がった。と同時にその下部で僅かに綻んだ蜜口から新たな愛液が零れて私の秘部と彼の手を濡らす。

その入り口に、陰核を弄《いじ》るのとは逆の手の指が触れ、浅く食い込んでくる。

ぬぷりと指一本が押し入ってくるのと、慎ましく隠れていた陰核を、包皮を剥くように露わにされるのとはほぼ同時だった。

「あっ！」

痛みはなかった、だけど違和感はある。でもそれ以上に表から与えられる刺激が強い。

私からこぼれ出た蜜液をたっぷりと絡ませて滑りのよくなった指で敏感な花の芽を撫でられると、神経に直接触れられるようなびっくりするくらい強い刺激で腰が跳ねた。

「ひぁっ！　あ、あんんっ、んっ」

「痛みはないか」

問われて首を横に振る。その直後にこれまで以上に高い声が上がったのは、より深く指が沈み、そして先ほどよりも膨らんだ陰核を小刻みに揺するように擦られ始めたからだ。

「あ、や、だめ、あっ！」

ただでさえ触れられるだけで腰が引けてしまうくらい敏感なその場所を何度も直に擦られると、私の腹の奥に燻《くすぶ》っていた小さな炎がびっくりするくらい一気に大きく膨れ上がり始める。

それでいてシグベルドは同時に差し込んだ指で内側から腹の方を擦り出したのだ。

どちらも未知の刺激に、私の身体はひとたまりもない。

「あ、あっ、あーっ、ああっ‼　シグベルド、あっ！」

声が甘い。まるでもったりと絡みつくくらい粘っこい。

だけど声が上がるのを我慢できない、だって気持ち良いの。

刺激の強さに一瞬痛いかもと思ったけれど、すぐにそれが快感だと判る。

彼の手に、指に触れられるだけで頭の中を真っ白にされるくらいの快感に襲われて、私の腰といわず全身があっけないくらい簡単にガクガクと震え出す。

幾度も頭を左右に打ち振るい、そのたびに私のローズピンクの髪が花びらのようにシーツに散る。

「待って、待って……！」

刺激が強い、何かが弾けそう、怖い。

渾身《こんしん》の力で彼の手を掴んだけれど、シグベルドの指は止まらなかった。

彼の指の皮膚が硬いことを、本当の意味で知ったのはこのときかもしれない。

普段はどういうことのない肌の質感が、今は強烈に私を狂わせる。

それは中に収まった指も同じ。私のものでは決してあり得ない、男性の太く、長く、そして硬い皮膚が私の繊細な場所を内側から刺激し続けて炎をより一層高めていく。

「あっ、あ、ああ、あ、あああああっ！」

来る。なにか、来る。

目の前がチカチカする、やだ、怖い、でも気持ちいい、もっとして。

身体の熱がどんどん大きくなる、膨らむ、抑えきれないくらいに。

それと同時に彼の指が沈められたその場所が、痛いくらいにわななきながらその指を食い締める、まるで舐めしゃぶるように。

その瞬間私はぎゅっと奥歯を噛みしめていた。

「ふぅっ……うっ、んんっ‼」

それでも喉の奥から声にならぬ声が迸《ほとばし》り、太腿《ふともも》の内側が痙攣《けいれん》するように震えて、背が折れそうなほどのけぞって浮き上がった腰が、ビクッと大きく跳ね上がる。

暴れるような腰の震えは一度や二度では収まらず、陸に釣り上げられた魚のように身もだえして、私は高みへと上り詰めた。

「は、はぁ……はー……」

直後は腕を動かすのもしんどいくらい怠《だる》くて、身を投げ出してしまった。

まだ終わっていないのは判っているけれど、少し休ませてほしい。

そう願うくらいたった一度の絶頂で疲れ切ってしまったのに、シグベルドは間を置くことなく私の中に新たに指を増やしてくるから堪《たま》らない。

だけど一度達して綻んだその場所は二本の指を素直に呑み込んでしまった。

「ま、待って、まだ……！」

「柔らかくなっているうちに馴染《なじ》ませた方が良い。……ああ、だがやはり狭いな」

満足そうに彼が笑った理由は何だろう。

シグベルドは二本に増やした指で、内側を広げるように動かしながら内壁を探り出す。

先ほどの快感が覚めやらぬ中、具合を確かめるように動かされると、直接内臓に触れられているような奇妙な感覚と背徳的な刺激に、私はまた背をのけぞらせるように後頭部をシーツに押しつけた。

「う、あっ……いっしょに、触らないでぇ……っ」

ぐちゃぐちゃと中から耳を塞ぎたくなる音が響く。

それと同時に先ほど私を追い詰めた陰核への刺激がまた始まる。

ガクガクと腰をわななかせている内に指は三本に増え、ピリッとした痛みを感じて顔を顰《しか》めるけれど、痛みはすぐに消えてまた奇妙な未経験の刺激に呼吸が乱れた。

そこに、熱く固いものが押しつけられたのは、私がまた新たな絶頂に追い上げられた直後だ。食い締めている膣襞《ちつひだ》を振り切るように抜き取られた指の代わりにそれが、ぐっと押し入ってくる。

「挿れるぞ」

その一言と共に。

「あ、あ、あ、ああっ⁉」

両足を肩に担ぎ込まれるような姿勢で、それは私の中を拓《ひら》いていった。

「いっ……いたぁい……っ！」

事前に二度もイカされていたせいか、覚悟したほどではなかったけれど確かに内側を限界まで拓かれるような痛みはあって身体が強ばる。

ボロボロと生理的な涙をこぼしながら、もがくように私を押さえつける彼の腕を掴んだ。

するとシグベルドはその腕を伸ばして私の胸に触れると、そこを揉みながら尖った乳首を擽《くすぐ》るように指で扱く。まるで私の気を散らすように。

「あっ、あぁ……う、んんっ……」

彼は決して乱暴ではなかった。

私の様子を都度確認しながら、強い抵抗がある場所にさしかかると角度を変えるように腰を揺らし、上手くはまる場所を探し、そしてゆっくりと確実に沈んでくる。

丁寧に時間をかけて、やっとぴたりと互いの腰が重なると、涙で濡れた私の頬を手の平で拭い、そして私の上半身を抱え起こすように抱きしめてくれた。

互いに汗でびっしょり濡れた肌を重ね合わせながら、彼はそうしてしばらくの間、私の呼吸が落ち着くのを待ち……そして、徐々に身体の強ばりが解け始めた頃を見計らうように、ゆっくり腰を揺らし始めた。

「あ……あぁ、ん、ふ、いっ……」

痛い。でも我慢すれば耐えられる。そうしているうち痛みは、少しずつ薄れていった。

中を擦り、奥を突かれる刺激にはまだ慣れないけれど、痛みが和らいでくると、疼くような燻る熱を身体の奥に感じて、痛みとは違う感覚を懸命に追いかける。

抗うよりもそうした方が身体は楽だと、まるで本能で知っているみたいに。

すると、またもったりとした感覚が私の全身を包み、それは繋がった場所を擦られるたびに鋭利な刺激に変化して、再び私を狂わせ始める。

徐々に私の中が柔らかくなった頃を見計らったように、シグベルドの動きは激しくなっていった。

「あ、あ、あん、あっ……！」

揺すられるたび、ぬちゃぬちゃと淫らな音が響く。

直接粘膜を擦り合わせ、抱き合うことがたまらなく気持ち良くて頭がおかしくなりそう。

シグベルドの身体からしたたり落ちた汗が私の肌の上で混じり合い、シーツへと吸い込まれていった。

「シグ、シグベルド……」

もがくように私は手を伸ばした。その手を握り返されて、口付けられる。

彼に揺すり立てられながら、何度も喘いだ、喉が嗄れるくらいに。

初めて拓かれた身体は苦しくて、奥を突かれると少し痛くて、関節という関節は軋《きし》んで、でも身体の内側で直に繋がり感じる熱と、表面から肌や敏感な場所に触れられる快感の方が遙かに強くて、私は三度目の頂点へと押し上げられる。

「あ、ああああっ！　んんんっ！」

ぎゅうっと全身が硬直した。

また腰が跳ねて身もだえしながら内側の彼自身を渾身の力で締め上げる。

そんな私を強く抱きしめるシグベルドの、耳元で熱い吐息とかすかな呻き声が聞こえ……どっと胎内に熱いものが注がれたのはその直後のことだ。

じわっと深いところまで染みこむように広がっていく熱の感覚に私は陶酔するような気分で、ぶるっと身震いした。

荒い呼吸を繰り返し、抱き合いながら彼の耳元でねだる。

「……キスして……」

大きく両足を開き、その奥深くにまだ彼を受け入れた淫らな姿のまま、荒い呼吸で胸を上下させながら乞う私に、シグベルドは望むとおりに口付けてくれる。

どこか労《いたわ》るような慈《いつく》しむような、唇の表面を触れ合わせるだけの優しく温かい口付けだった。

第三章　逃げられそうにないので、他の道を探すことにしました

お父様、お母様。

私、オクタヴィア・ラ・コンチェスターは、貴族の娘として婚姻まで守り抜かねばならないはずの純潔を捧げてしまいました……この、未来の皇帝たるシグベルド・フォン・ヴォルテール殿下に。

言い訳はいたしません。流されました。それも、思いっきり。

大人の階段を数段飛びで駆け上がってしまった未熟な娘を、どうかお許しください。

……云々《うんぬん》と、心の中で一応両親に詫びてはみたけれど、私個人の本音としては「これはもう仕方ないよね」っていう気分だ。

だって本当に仕方ない。あの流れで拒絶できる人っている？

私には無理である。

素直に認めます、欲望に流されました。はっきりいって冷静ではなかった。

目覚めた今は、浅はかな考えだったと反省しています、はい。でも不思議と後悔はしていません。

それに痛かったけれど、でもすごく気持ち良かった……私、この行為に嵌《は》まりそう。

「何を考えている？」

一人ベッドに横たわりながら懺悔《ざんげ》と煩悩に浸っていた私は、横から聞こえてきた、低くどこか艶《つや》めいた腰を砕くような美声に「ひえっ」と小さく情けない声を上げて硬直した。

咄嗟に距離を取ろうと身動きしたけれど、とたんにズキッと響く痛みと違和感に反応が遅れる。

その間に横合いから伸びた逞《たくま》しい両腕に抱えられてしまって、満足に身動きが取れなくなってしまった。

「痛むのか？」

「……少し。……でも、だ、大丈夫、です…………」

シグベルドの腕の中で今の私は借りてきた子猫状態である。

誰か教えてほしい。私はどんな顔をして、身体を繋げたばかりのイケメン男性と会話すれば良いのか。

こんなことなら、もっと真面目に友人の経験談とか恋愛話とかに耳を傾けておくのだった。自分には関係ないと思っていたから……思わず遠い目をしてしまう。

「まだ逃げることを考えているのか？」

いつもと変わらない淡々とした口調で問いながら、その声はこちらの動向を探るよう。

まるで私に逃げられることを恐れているようにも聞こえるのは気のせいかな。

毛布ごと彼の腕に収まりながら、私は小さく首を横に振った。

「……いくらなんでも、もう逃げようとはしません。……そもそも、逃げられる気がしないし……恥ずかしいだけです……」

ふっと耳元に吐息が当たる。

今、笑われたのだろうか。背中を向けているから彼の顔が見えないし、見せられない。

「ただ、これからのことを考え直さなくちゃとは思っています」

「たとえば？」

「たとえば……無事に天寿を全うするためにはどうしたらいいかと」

今度ははっきりと背後から笑う気配が伝わってきた。

私は大真面目なのに、どこに笑う要素があったというのだろう。

「そうやって馬鹿にするならもう言いません」

「馬鹿にしたわけではない」

「今、笑いましたよね⁉」

「笑っていない」

「嘘、絶対笑いました！」

確かめてやる、とばかりにぐるりと身体ごと後ろを振り返る。

そして、すぐに後悔した。

だって……当たり前かもしれないけど、私と同じ寝台で横たわっている彼は裸だったから。

「……っ……」

短く揃えた金髪が、天蓋のカーテンの隙間から差し込む灯りに照らされてキラキラと輝いている。

逞しく無駄なく鍛えられた身体はもちろん、精悍《せいかん》に整った顔立ちは顔の輪郭や鼻筋、目元、頬、その他のパーツ全てが男性的で、女であれば誰だって目を引き寄せられて離せないくらいの魅力に溢れている。

しかも質の悪いことに、いつもは鋭く冷酷に見えるが故に近寄りがたい雰囲気を人に与えるその眼差しが、今は普段より和らいで見えて……つまり、平たく言うと今のシグベルドは普段より隙がある。

そんな姿を私に見せているのだ……そう思うと、みるみるうちに自分の顔が赤くなるのを自覚して、まともに彼の顔を見ることができずに視線を泳がせてしまった。

私の反応に彼はどこか満足そうだ。

その手が私を抱え直し、髪に隠れた耳朶《じだ》を擽るように滑らせてくる。

「んっ……や……」

止めてください、とは最後まで言えなかった。

それよりも早くに再び引き寄せられて、唇を奪われたから。

その表面を重ねるだけの柔らかなキスは優しくて心地よく、嵐のような深い快感よりも、温かな体温を移してくる。

流されては駄目だと思う側から、もう流されても仕方ないと受け入れるように瞼を閉じかけたとき。

私のお腹から、派手に空腹を訴える音が響いたのはお約束と言えるだろうか。

「腹に何か獣でも飼っているような音だな」

「たとえそう思ったとしても、レディに対して言う言葉ではありません。大体私のお腹の獣に何も餌を与えてくれなかったのは殿下です」

仕方ないじゃない。そういえば昨日の昼食以降、何も口にしていない。

全部、この人が強引に寝台に引っ張り込んだせいじゃない。

そう考えると無性にお腹が空いてきたし、喉もカラカラだ。

また、部屋の外から遠慮がちに扉をノックする音が聞こえたのもこの頃だ。

どうやらやっぱり昨日私と部屋に引っ込んでしまったシグベルドに用があるのに声を掛けるに掛けられず、大分迷って朝になった今呼びにきたみたい。

あの声はシグベルドの側近のマルケスね。

「早朝から失礼いたします、殿下。……大変恐縮ではありますが……宰相閣下が殿下にお目通りをご希望なさっておいでで……」

「……判った、すぐに行く。少し待て」

先ほどまでの雰囲気の名残など一つも見せずシグベルドは寝台から降りる。

毛布で隠れていたところまで露わになった彼の裸体から慌てて目を逸らした。

さすがに直視できるほど、まだ免疫ができていない。

「私も支度を……」

宰相とは私のお父様のことで、そのお父様がこんな朝早くから目通りを願うと言うことは十中八九私のことだろう。

昨日シグベルドに呼び出されたまま、娘が屋敷に帰らないのだ。

そりゃあ何かあったと思うわよね。

まだ気だるさと違和感、痛みが残る身体をどうにか動かそうとした私を、彼が言葉で静止した。

「お前はいい。まだしばらくそこで休んでいろ」

「でも……」

「公爵が呼んでいるのは俺だ。まずは俺の方と先に話をしたいのだろう」

そうかもしれない。

お父様のことだから、これを理由にシグベルドに何かを要求するつもりかも。

「お前の部屋は隣だ。朝食と湯の用意を命じておく。俺が戻るまでそこで待て」

自ら手早く身支度を調えると、彼はそんな言葉を残して足早に部屋から出て行った。

程なく、彼に命じられたらしき三人の侍女がやってきて、私を隣の部屋に連れて行くと入浴から着替え、食事まで心得たように甲斐甲斐しく世話を焼いてくれる。

皇城、それも皇族の生活に直接関わる侍女はよく教育されていて大変優秀だ。

皇太子の寝室に私がいても、身体に残された情事の痕跡や乱れた寝台を目にしても何一つ余計なことは言わない。

正直ありがたい。少しでももの言いたげな視線を向けられたり、尋ねられたりしたら私はとてつもなく居心地の悪い思いを味わうことになっていただろうから。

「他に何かご希望はございますか？」

身支度も調って、お腹も満たされ、喉の渇きも癒やされた私は緩く首を横に振った。

「いいえ、もう大丈夫です」

「では、お部屋の外に控えております。何かございましたらそちらのベルでお呼びください」

「ええ。ありがとう」

何やら色々とあったけれど、ようやく一人になってまずは一息つく。

それから改めて私の部屋だと案内された室内を見回した。

この部屋が客室などではないことは私も承知している。

何しろ皇太子殿下の私室の隣部屋だもの。今は最低限の家具や日用品しか置かれていないけれど、内装も調度品も全てが品良く纏められた高級品で、全体的に女性的だ。

使用者を女性と想定したこの部屋は、未来の皇太子妃のためのもの。

シグベルドに抱かれて、この部屋を与えられた時点で実質的な皇太子妃としての地位を与えられたということになる。

原作と、今の私たちとの関係は、多分明らかに違っているはず。

私は絶対に彼を裏切らないし、シグベルドも話も聞かずに断罪するような真似はしないと約束してくれたから、あとはこれから先をどう生きるかだ。

「私が皇太子妃の部屋を与えられたことはすぐにも知れ渡るだろうし、婚約解消はもう不可能……いいえ、今無理に逃げようとする方が逆に危ないわ」

それにしても、正直ここまでシグベルドが私に執着するとは思わなかった。

きっと私がシグベルドの手つきになったことはすぐに社交界に広まるだろう。

婚前から寵愛《ちょうあい》を受けた私は、彼の気に入りだと周囲からは見られるだろうし、抱かれた事実がある以上、私のお腹には彼の子が宿る可能性が高い。

彼の手元で生活をすれば、当然これから先も同じ夜を迎えることはあるだろうし、抱かれる度に身籠もる可能性が高くなるのだから、現実的に考えてこのまま成婚コースしかないだろうなって思う。

逃げない道を選択するならば、これまで以上にきちんと考えないと。

本当は慣れない行為でギシギシ言っている身体がしんどくて休みたい。

だけど気持ちが落ち着かず、違和感が残る身体を引きずるように部屋の窓際に用意されていた机に向かう。

こちらも女性らしく繊細な薔薇の彫刻が施された、真っ白な机の引き出しを開けると、中には上等な透かし模様の入った紙とペン、インクがしまってあった。

書き付けに使ってしまうのはもったいないくらいの上等な品だけど、他にメモを取ることのできるものがないから、今回はこれを使わせてもらおう。

その透かし模様の入った紙に、私は改めて今思い出せる原作のストーリー、特に自身が関係する回想シーンを中心に書き出していった。

本を読んだ当時は一言一句、一文字だって見逃さないとばかりに読み込んでいたつもりだけど、今思い出そうとするとあやふやなところが多い。

もちろん大きなイベントや印象に残ったシーンなんかはそれなりに記憶に残ってはいるのだけど、原作と今は時間軸が違う。

未来に起こりうるストーリーは知っていても、現在のことが判らないから推測するしかない。

もっともこの先のストーリーも本当にその通りに進むかどうかかなり怪しいけどね。

曖昧な記憶を引き摺り出すように、私はとにかく思い出したことを書き出すためにペンを走らせた。

「原作でシグベルドはもう皇帝で、汚職や奸計を企む貴族たちを容赦なく粛正した後だった……」

だから血が流れることを厭わない残虐な皇帝だと恐れられていたけれど、彼だって理由もなくそんな容赦ない行為を重ねていったわけじゃない。

彼は孤独だった。味方はごく限られた者しかおらず、皇帝になったばかりの頃は力を持つ貴族たちを相手にかなり手を焼かされたというエピソードがあったはず。

帝位を守るためには血を分けた兄弟であっても退けねばならず、血を流すことでしか解決方法を見つけられなかったこともたくさんあっただろう。

彼が恐れられながらも揺るぎない皇帝の座を築くに至ったのはそれ相応の努力があったからだ。

その信念は今のシグベルドからもはっきり感じる。

私が昨日つい流されてしまったのも、そう言った彼の本質を感じたせいもある、きっと。

彼の許に残ると決めたのなら、私は約束を守らないといけない。

そう、夕べ頑張ると決めた。少しでも気持ちを傾けてもらえるように、信じてもらえるように。

そして、悲惨な未来を避けるためにも、私が処刑されるに至った事件をもう一度改めて振り返る必要がある。

「ええと、私はなぜシグベルドを裏切ったのか」

手元の紙に少し大きめの文字で【動機】と書いてそれを丸で囲った。

シャッ、と手元でペン先が紙と擦れる心地よい音がかすかに響く。

そもそも原作の私が殺されたのは彼を裏切ったからだ。

それなら結婚しても裏切らなければ死ななくて済むかも、と思うよりも婚約解消を願ったのは、原作で裏切りに至ったまでの経緯が判らないから。

原作の私は夫を酷く恐れていて、彼から逃れたい一心で毒殺を企んだ……だったはず。

だけど正直それだけの理由で皇帝の命を狙うなんてリスクが高すぎる。

これまでの私は、親の言うことに従い、淑女として、そして未来の皇后として粛々と学び、男性を立てるように育てられた娘だった。

シグベルドが怖くて結婚も嫌で、逃げたくて仕方なかったくせに、その勇気もなく黙って従いながら、己を哀れむことしかできなかった弱虫。

だけど皇后は決して頭の悪い愚かな女だったわけではない。

下手に裏切り、それが露見した場合はどんな結果になるかは重々承知していたはず。

それなのに皇后は実行に移した。

その彼女の行動を推測させる描写があったことを私は覚えている。

【皇后は一部の反皇帝派の貴族たちと共謀し暗殺を目論《もくろ》んだが、これに失敗。全ての状況証拠は皇后が犯人であることを指し示し、これを受けて皇帝シグベルドは彼女を断頭台へと引き摺り上げた】

正確な文章はさすがにうろ覚えだけど、こんな内容だったはず。

大事なのはこの暗殺劇で処刑されたのは皇后だけだってこと。

他にも共謀した貴族たちがいたのにおかしいでしょう?

皇后を唆しておきながら、共犯の貴族たちはどうして処刑されなかったのか。

単に描写されていないだけで本当は皇后と一緒に処刑されたのかもしれないけれど、もう一つの可能性として皇后は、共謀した貴族たちに嵌められたんだと思うのよね。

暗殺が上手くいけばラッキー、失敗しても全ての責任は皇后に被《かぶ》せちゃえばいいや、みたいな?

じゃあ、問題はその共謀した貴族は誰か。

皇后に行動を起こさせることができたのだから、ぽっと出の貴族ではありえない。

かといってこれまで敵対していた貴族を信じて行動に移すっていうのも考えにくい。裏切ると判っている相手と手を組むほど馬鹿じゃないはず。

多分皇后にとってその共謀相手の言うことがよっぽど説得力があったか、勝算があると思えたか、あるいはこの人の言うことなら間違いない、と思うくらい信頼していたかのどれかじゃないかな。

もっと詳しく、誰にどんなことを言われて、どんな手段で嵌められたのかが書いてあれば良かったんだけど、そこまでの描写は記憶にない。

まあ本編での皇后の処刑エピソードは、シグベルドの背景と、たとえ自分の妃相手でも情け容赦なく制裁を下す人間性をアピールするための描写でしかなかったから、そこまで詳しく書く必要はなかったんだろうけど。

私が無謀だと判っていながら、それでも最初に婚約解消を望んだのはなぜかと言えば、この部分が判らなかったから。

誰にどうやって嵌められたのかが謎のままだったら、たとえシグベルドとの関係を改善させることができたとしても知らないうちに同じ過ちを犯さないとも限らない。

そんな危険な轍《てつ》を踏むくらいなら、何かが起こる前に婚約解消で逃げちゃった方がまだ難易度は低いんじゃないかって思ったのよ。

でも今となっては必然的に難易度が高い方を攻略するしかない。

大前提として、まずシグベルドを絶対に裏切らないこと。

知らない間に陰謀に巻き込まれちゃった、なんてことにならないようにするためには誰が私を嵌めた人物なのか見極める必要がある。

それでも万が一裏切りが疑われるような場面になったとき、私の命を左右するのはやっぱりシグベルドとの関係だ。

幸い、今の彼との関係改善は期待できると思う。彼に少しでも愛されるように努力すれば、問答無用で即処刑の未来からは逃れられるかもしれない。

「それに、シグベルドにも長生きしてほしい……」

このままだとシグベルドは主人公たちの平和な統治のためのお膳立てをした格好で、本人は悪役として討伐されてしまうのよね。

一切の言い訳をせず、自分の行いは自分の責任として退場するの。

彼の壮絶な最期には本気で号泣したわ、次の日仕事で使い物にならなかったもの。

まあそれは置いておいて、私と彼との関係も変わってきているもの。

今後の行動次第では彼の未来だって、変えられるはず。

それに正直なところ、皇帝としての統治能力も主人公よりはシグベルドの方が高いと思うのよね。

主人公のアルベルトは本当に良い子で、まっすぐな、主人公の中の主人公って感じなんだけど、ちょっとお綺麗すぎるというか、正義感が先行しすぎるというか、全部を守ろうとして大事なものを取りこぼしてしまいそうというか。

世の中にはそういう人も必要だけど、本当に大事なものだけを掴《つか》み取《と》るシグベルドのような存在も必要だ。

実際にアルベルトが善き皇帝になれたのはシグベルドの作った下地あってこそだって思うし。

そんなわけで、今現在私が優先して実行することは三つ。

一つ、シグベルドを絶対に裏切らないこと！

二つ、彼に愛してもらえるように努力すること！

三つ、幸せな家庭を目指すこと！

後はとにかく敵を作らず、目立ちすぎることなく、出しゃばりすぎることもせず、甘い誘いにも乗らず、平穏な人生を過ごせればいい。

原作を大いに改変することになろうとも、私は自分の幸せの方が大事だ。

平穏な生活のために、主人公である第五皇子アルベルトを仲間に引き入れることも考えても良い。

味方にできればきっと力になってくれるはず。

それに私がシグベルドと仲良くしていれば、黒幕の貴族だってこれは無理だと諦めるかもしれないし。

そう思うと、彼と仲良くすることは逆に私の大きなアドバンテージになる気がしてきた。

問題はじゃあ、どうすればいいかってことなんだけど……今度は新しい紙にこう書き記す。

【彼と幸せになるための作戦】

そうして私はしばらくの間、うんうんとなけなしのアイデアを紙に書き付けていったのである。

後にそれが当の本人の目に触れることになる未来など想像もせずに。

＊＊＊＊＊

これまで、俺にとってオクタヴィアという公爵令嬢は、自身が帝位に就くための駒の一つであるとしか考えていなかった。

必要なのは皇帝となって己の地盤を固めるまでの後ろ盾であって、それ以上でも以下でもない。

彼女の産んだ子が次の皇帝にでもなれば、オクタヴィアの父であるコンチェスター公爵も満足するだろう。

実際に俺が婚前であるというのに彼女に手を付けたことに対して苦言を口にすることはなかった。ただくれぐれも娘を頼むと満面の笑みで告げられたが。

「最初は何か企んでいるのではと思ったのだが……」

彼女の反応を見ていると、限りなくその可能性は低そうだ。

俺を好きだという言葉にも嘘は感じられない。

先ほど、彼女に付けた侍女が上げてきた報告に目を通して思案する。

その報告書には、オクタヴィアの書き付けについて報告されている。

あれやこれやと悩みながら色々と書き込んでいたらしいが、一応は漏洩《ろうえい》を気にしたようでその殆どが彼女自身の手で燃やされてしまったらしい。

その中で一枚だけ丁寧に清書されて机の引き出しにしまい込まれていたものを後で確認したところ、目標としてこう書いてあったそうだ。

俺を裏切らないこと、愛される努力をすること、幸せな家庭を作ること。

読んだ瞬間、声を上げて笑いそうになった。

なんだそれは、と思ったのだ。随分と甘い企みだ。

どうやらこの俺を籠絡しようとしているらしい。

「どうなさいました、殿下」

しばらくその報告書を眺めていた俺の様子を見て、マルケスが伺うように問いかけてくる。

チラチラと俺の手の書類に視線を向けている様子からして、内容が気になるようだ。

特段見られても問題となるものではないが、だからといって進んで見せるのもなんとなく惜しい。

その視線から隠すように書類を伏せると鍵のかかる引き出しへと放り込む。

「ただの報告書だ。特に問題はない」

「その報告書はオクタヴィア様に付けた侍女からのものですよね？」

オクタヴィアに監視を付けた方が良いと提案したのはマルケスだ。

その提案に俺も同意した。

何しろここ最近の彼女の様子がこれまでと違いすぎる。

長年俺の護衛騎士隊長であったガルシアが裏切り、暗殺を企てた事件から考えても、いつ誰が裏切ってもおかしくはない。

オクタヴィアは結果的にその暗殺騒動から俺を救い出したが、それさえもこちらの信頼を得るための計画の一つである可能性も否定できない。

もしかするとオクタヴィアの変化も、俺を惑わせるための手段の一つかと考えたのだが……少なくとも先ほどの報告書を見る限りは、違う様子だ。

彼女は俺を好きだと言った。

抱かれている間も、慣れないことへの恥じらいや戸惑いはあっても俺に対する嫌悪感はないようで、素直に身を委ね、花開いていく姿は確かに俺を昂《たか》ぶらせた。

そしてこんな目標。彼女の中で俺に対する感情に変化があったことは事実のようだ。

それさえも俺を騙《だま》す布石だとしたら大した悪女だが、なんとなく確信するものがある。

彼女にそんな大それた真似はできないだろう。

あれは根っからの小心者で、ごくごく当たり前の良識を持つ平凡な女だ。善人とは言い切れないだろうが、かといって人を騙して陥《おとしい》れることを何の苦もなくできるような女ではない、と。

もしこの先オクタヴィアが俺を裏切ることがあったとしても、それは彼女の本意ではない。必ずその後ろに彼女を操る誰かがいる。

今回の、ガルシアのように。

心の中で願った。頼むから追い詰められたとしても、その選択を間違えないでほしい。

結果的に俺を裏切ることを選択した騎士と同じ道を歩まないでくれ。

もしお前が裏切ったときも俺はその首に刃《やいば》を落とすだろう。

だが……その光景をこれまでと同じようにやむを得ないことだと割り切ることはしたくない。

「お前が気にするようなことは何も書いていない。今のところは、だがな」

「それならばよろしいのですが……それにしても驚きました」

「何がだ。俺がオクタヴィアに皇太子妃の部屋を与えたことか」

「そうです。失礼ながら、これまでお二人の仲は決して良いとは言いがたいものでしたので……」

確かにその通りだ。

政略的に必要だから受け入れた縁談であって、それ以上でも以下でもない。関わりは必要最小限で済ませることが望ましいと思っていた。

まるで人形のような女だと思っていたくらいだ。

だが。

「少し、近くで様子を見てみたくなった。それだけだ」

「そうですか……」

それきりマルケスは口を閉じたが、俺がそんな興味を持つこと自体が珍しいことをこの男は知っている。

正直、自分自身でも意外だと思っているのだ。

最初は彼女の変化を面倒に思った。

余計な意思を持って婚約解消を騒ぎ出されては手間が増えるばかりだ。

その身分と身体、そして後ろ盾さえあれば良いのだから、黙って大人しく従っていれば良い。

頑《かたく》なに婚約解消を望むのも、他に男ができたからかと思いもした。

しかし彼女は紛れもない純潔だった。周囲を調べてみても他に言い寄る男の影はない。

変わったのは、やはりあの誕生日パーティで倒れてからだ。

思えばあのときもおかしいとは思ったのだ。

これまで俺の顔を見て怯えることはあっても、あれほどあからさまに驚いて倒れるなんて無様な姿を晒す女ではなかったから。

実はそっくり同じ顔の双子の姉妹がいて、あの瞬間に入れ替わったのだと言われたら信じてしまいそうな気がする。

けれど彼女は間違いなくオクタヴィアだ。多少性格や振る舞いが変わったとしても、ちょっとした癖や仕草、記憶まで変わることはない。

一体何があったのだろう。そう思うとこれまでにはなかった彼女への興味が膨らんだ。

彼女を抱いたのは結婚をより確実にするためと、逃がさないため。

そして純粋に彼女がどんな声で啼《な》くのか、どんな顔で俺に抱かれるのか。その身体の柔らかさや温かさを知りたい、この女を抱きたいと思ったからだ。

彼女についぞ感じたことのない情欲を抱いたことは否定できない。

そんな思いはこの報告書を見てより強くなる。

面倒事ばかりが多い日々の中で、今やオクタヴィアの存在はささやかな楽しみの一つだ。

彼女は判っているのだろうか。

俺の感情を揺らすことが、自身にとってどれほど面倒なことになるかを。

元々婚約解消などするつもりはなかった。

その代わり、大人しく道具としての役目を終えた後ならば解放してやっても良いと考えてはいた。

「だがそれ以上の存在であることを望むのであれば、解放など期待するな。俺は存外、執念深い」

マルケスの耳にも届かぬほどの声で呟いて、心の中で低く笑う。

【シグベルドを絶対に裏切らないこと！】

報告書に書かれていた一文を思い返して目を伏せる。

まるで子供が立てたような拙《つたな》い誓いの言葉だが、その言葉が真実であることを、密かに願った。

＊＊＊＊

さて、婚約解消への道が不可能になった代わりに、今度は逆にシグベルドとの関係を深める方向へと舵《かじ》を切ったは良いけれど、一つ重大な問題があった。

そもそも、男の人とどんなふうに付き合えばいいのか、まったくもって判らない。

だって物心つかないころからもう彼の婚約者となることは決まっていたから、異性と親密な付き合いをした経験など皆無だ。

せいぜいが社交の一環としてお喋りやダンスをしたことがあるくらいで、お父様は徹底して私の周囲から男性を排除していた。

私と言葉を交わすことができた男性は家令と執事、そしてごく限られた上級使用人だけで、後は身内くらい。

前世でも異性とお付き合いなどしたことはまったくない。

よってこれまで二度の人生の中で深い関係になったのはシグベルドただ一人。

私、どうすればいいわけ？

半ば途方に暮れて過ごした皇城生活三日目だったけれど、午後になって私の許へ嬉《うれ》しい知らせがやってきた。

「皇太子殿下と、旦那様のお許しをいただき、本日よりこちらでお嬢様の侍女を引き続き務めさせていただけることになりました。どうぞよろしくお願いいたします」

「サーラ！　嬉しいわ、あなたが来てくれるなんて。話したいことがたくさんあるの！」

「お嬢様ったら。いけません、もっと未来の皇太子妃殿下に相応しい所作をなさっていただけませんと」

恭しく私の前でお辞儀した後にサーラは、すぐに眉を顰《ひそ》めてそう言うけれど、直後に小さく吹き出すように笑ってしまったのでせっかくのお小言も霧散《むさん》してしまう。

そんなサーラの顔を見て、心底ホッとした。

何せここでの生活が義務付けられて、公爵邸に帰ることはできなくなったから、急に生活環境が変わって多少なりとも戸惑っていたのだ。

もちろん部屋付の侍女たちはみんな良くしてくれるのよ。私への好意か、シグベルドへの忖度《そんたく》か、あるいは使用人としてのプライドかは判らないけれど、本当に良くしてくれる。

でも一日二日で心底打ち解けることができるわけがない。

それにどこか監視されているような雰囲気もあって、下手なことを外部に報告されてはたまらないと、常に緊張感が抜けなかったのだ。

さらに嬉しいことに、サーラと共に家から使い慣れた愛着のある私物も届けられてホッとした。

「良かった。ここでの生活に不自由はないけれど、大事なものもあるから……」

「殿下がお許しくださったそうです。ただ、皇城に運び込むものは中を改められていることだけはご容赦ください」

「それは当然のことよ、仕方ないわ」

下着やドレスを男性に改められるのはさすがに抵抗があるけれど、そこは女官がやってくれたようだから問題はない。

「それにしても本当に驚きました。お嬢様が皇城に招かれたと思ったらそのままご結婚までお過ごしになるなんて……つまり、そういうことですよね？」

そういうこと、とサーラが言葉に含んだ意味を理解して顔が赤くなった。

ちなみに今部屋にいるのは私たち二人だけ。

他の侍女たちは気を利かせて退出してくれているからこそできる会話でもある。

明確な答えを返さなくても、サーラは私の表情で何があったかを察したらしい。

「ということは、婚約解消作戦はもうおしまいですね。婚前でご寵愛を与えるということは殿下もお嬢様が離れるのをお許しにはならないでしょう」

関係があったことを知られるのは恥ずかしいけれど、隠し通せることでもない。

きっと城内ではもうその事実を知らないものはいないだろう。

「そうね。婚約解消はもう無理だと諦めたわ。今後は方向性を変えて、この城で生き抜けるように考え直さないと」

そしてできる限り、シグベルドとの仲を深める努力をする、とも。

「ただ、一つ問題があるのよ」

サーラが淹《い》れてくれたお茶に口を付けながら、私は声のトーンを落とす。

深刻そうな声音にサーラも何事かと真剣な眼差しでこちらを見つめる。

その彼女に告げた。

「どうすれば男性に愛してもらえるの？」

「…………お嬢様。念のためお尋ねしますが、殿下とのご関係は無理強いされたものではございませんよね？　きちんとお互い納得されてのことですよね？」

サーラからすれば身体の関係まで結んでおいて今更な問いに聞こえたのだと思う。

無理もない、私が逆の立場だったら同じことを思うわ。

やることやっておいて、そこからなのか、って。

「無理強いはされていないし、嫌われてもいないとは思う。だけど……好きとも言われていないから」

「婚姻前の令嬢に手を付けておいて？　これ見よがしに妃の部屋を与えておいて⁉」

心なしかサーラの声に怒りが込められたように感じる。

私のことを考えてくれているからこそだと判るけど、今はまあまあと宥めて、話を続けた。

「そういう関係になったのはシグベルト様だけのせいじゃないわ。結果的に私も受け入れたのだから彼のことを悪く思わないで？　それよりもだからこそ、関係をもっと良いものにしたいの」

「それならまあ……判りました。でも私も男性との交際経験はございませんので、これというアドバイスはできませんよ」

それでも私一人で考えるよりはマシだろうと、サーラと共にああでもないこうでもないと、シグベルド籠絡作戦を考えた。

結果、彼の気を惹こうと奇をてらった言動に出るよりは、オーソドックスに、素直に行動した方が良いのではという結論に至る。

「あくまでも聞きかじった話ですが、多くの男性は鈍感だそうです。いわゆる、言葉や仕草からこちらの気持ちを察してもらうのはほぼ不可能なので、素直に好意を伝えることが一番だと」

「なるほど。そうかもしれないわ」

ならば、とまずは手始めに、シグベルドにメッセージを書いた。

好意を伝えるもなにも、会えなければ意味がない。

『あなたにお会いしたいです』

言葉を飾っても仕方がないので、短く率直なメッセージを書いた手紙はサーラからシグベルドの近侍《きんじ》へと渡り、そして返事はその一時間後には私の手元に届く。

『晩餐《ばんさん》の時間を空けておく』

こちらもまた短いメッセージだけど、応じてくれたことに素直に安堵した。

一応あちらも気を遣ってくれているらしい。

いくら推しでも、婚前に抱いておきながらその後は知らんぷりをするような男だったらさすがにちょっと軽蔑していたかもしれない。

良かった、そんな男ではなくてとホッと胸を撫で下ろす。

「支度をしましょう。あまり張り切りすぎて空振りしないように、でもそれ相応に、お相手のために装ったと相手に伝わるように」

サーラは私に、私の髪の色と同じピンク色のドレスを着せてくれた。

胸元からウエストまでは深いローズピンクで、腰から下に向かうにつれて色を薄め、裾では純白に変わるグラデーションの入ったドレスだ。

レースやフリルは控えめで、首元から肩、上腕部までを透けるシフォン生地で覆った露出の少ないデザインは品良く美しい。

夜会に行くほど華やかではないけれど、目を楽しませる程度には着飾った私が食堂へ到着すると、既に先に待っていてくれたシグベルトは何を思ったのか目を細めてみせた。

「今宵は晩餐にお誘いいただきありがとうございます」

誘われたってことでいいのよね？　間違っていないわよね？

内心ドキドキしながらカーテシーをすれば、シグベルドが目で促す合図に従って側に控えていた侍従《じじゅう》が晩餐の席の椅子を引いてくれる。

その椅子に腰を下ろすと、シグベルドは言った。

「アクセサリーは公爵家から届かなかったのか？」

「えっ？」

「そのドレスなら、もう少し見栄えのするネックレスを合わせるものだろう」

もしかしてさっきシグベルドが私の姿を見て目を細めたのはそのせい？

私の胸元には小指の爪サイズほどの一粒もののルビーをあしらったシンプルなネックレスが下がっている。確かにこのドレスにはもう少し華やかなデザイン性の高いものの方が合うかもしれない。

実際サーラに勧められたのは花の形を模した三連のネックレスだ。

でもいくつかあるジュエリーボックスの中から私が選んだのはこれだった。

まさかシグベルドにそれを指摘されるとは思わなかった。女性のアクセサリーに気付くなんて思っていなかったから。

胸元の石にそっと指を這わせながら、恥じるように答えた。

「アクセサリーは充分届いています。でも私はこれがお気に入りなんです。さすがにシンプルすぎて夜会には付けていけませんが、私的な晩餐なら許されるかなと」

「よくあるデザインに見えるが、お前はそういったシンプルなものが好みなのか？」

「華やかなものは何でも好きです。でもこれは、殿下の瞳の色に一番似ている気がするので」

「…………」

そのときシグベルドが不意に黙り込んだ。

相変わらず表情は動かないけど……馴《な》れ馴《な》れしくしすぎた？

一度抱かれたくらいで図々《ずうずう》しいって思われたかな。

内心ドキドキしていると、テーブルに料理が運ばれきて食事が始まってしまう。

ちょっと調子に乗りすぎたかもしれないと反省しながらカトラリーに手を伸ばしたときだ。

「次からはもっと楽な格好で良い」

先ほど以上に背筋が冷えた。自分なりに良かれと思ってのことだったけれど、着飾った姿が好ましくなかったのかもしれない。

「……は、はい……お見苦しい姿を……」

「毎晩のことだ。いちいち着飾るのも面倒だろう。それにそのネックレスは、今の姿でも良いが、強いていうならもう少し普段使いの格好の方が似合う」

「えっ……」

俯きかけた顔を上げると、もうシグベルドは食事を始めていた。

それはどういう意味だろうと尋ねる隙を与えない仕草に私は一瞬ポカンとし、それからハッとして彼に続くように食事を始める。

その夜、私たちは約束通りに晩餐を共にし、それをきっかけとして特別な予定がない限りは毎日晩餐の時間は必ず一緒に過ごすようになった。

シグベルドの私に対する態度は露骨な変化があったわけではないけれど、少なくとも長く婚約者として冷たい関係にあったときよりも、ずっと彼を近くに感じる。

そして次第に晩餐以外の時間も顔を合わせる機会が増え、これまでのぎこちない婚約期間が嘘のように交わす言葉も、共に過ごす時間も増えていったのである。

彼から贈り物が届いたのはそんな日々がどれほど続いた頃だろう。

受け取った細長い箱の中に入っていたのは深紅のルビーの宝石が一つだけついたネックレス。

私が持っていたものよりももっと深い赤色が鮮やかで二回りは大きいそれは、シグベルドの瞳の色とそっくりという言葉を通り越して同じといって良いほど美しい、ピジョン・ブラッドだった。

「よくやった。一時はどうなることかと思っていたが、さすが私の娘だ」

皇城で暮らすようになり、シグベルドとの関係が改善してしばらく、お父様から宰相の執務室への呼び出しを受けた。

すでに社交シーズンは終わりを迎えていて、貴族たちは領地の屋敷へと戻る時期だ。

でも全ての貴族が領地に帰ったわけではなく、重役を与えられているものや自ら望んで帝都に残る者は少なからず存在していて、私の父、コンチェスター公爵も帝都に居残り組の一人である。

そのわりには私に声を掛けてきたのはこれが初めてだけど。

「お久しぶりです、お父様。同じ皇城におりますのに、なかなかお会いできませんでしたね」

にっこりと微笑む私の皮肉にお父様は気付いたかしら。

父は私とシグベルドが夜を共にしたその次の日の朝には彼の許へやってきて何やら話をしたようだけど、会ったのはシグベルドとだけで私とは会わなかったのよね。

もうかれこれ一ヶ月にもなるだろうか。その間ずっとほったらかしなんだから、皮肉の一つや二つ言いたくもなるでしょうよ。

「殿下との仲が上手くいっているようで何よりだ。お前はそのまま、あの方の寵愛を保ち、一日も早く子をなせ」

「……それがしばらくぶりに会う娘へのお言葉ですか」

少しは元気か、とか、苦労していることはないか、とか親らしい言葉を掛けてくれてもいいんじゃない？

しかも一応まだ婚前の娘に子をなせとか、父親が言う？

じとっとものいいたげな眼差しを向けると、お父様は一瞬黙り込み、そして聞き分けのない子供に対するように溜息を吐きながらこう言った。

「そう言うな。お前が一日も早く子をなすことは、家の命運にも関わってくる。いくら我が公爵家が殿下の後ろ盾となり、殿下の即位に貢献したとしてもその立場は絶対に安泰とは言い切れん」

お父様の言うことは判る。今の時点では我が家がシグベルドの後ろ盾となっているけれど、それも一長一短だ。

確実にシグベルドに皇帝になってもらわなくては、我が家も危ない。

それに順調にシグベルドが皇帝になったとしても、我が公爵家がシグベルドの唯一の盾のままであるとは限らない。

我が家の勢力が衰える可能性も、他の貴族たちが台頭してくる可能性だってある。

シグベルドは我が家が足かせになると判断したときには容赦なく切り捨てるだろうし、他によりよい相手がいれば乗り換えるだろう。利用しているのはお互い様だから仕方ない。

でもそこで私が彼の寵愛を受けていたり、子を産んでいたりすると話は変わってくる。

その子の存在が我が家にとって命綱になる場合もあるということだ。まあお父様からすれば多少順序が狂っても一日も早くその命綱がほしいということなのだろう。

「子は授かりものです。こちらの都合の良いことばかりにはならないでしょうが……まあ、できる限りは努力いたします」

再びにっこり微笑んで、その後二、三、家の様子や家族のことを訪ね言葉を交わした後で私はお父様の執務室から辞した。

正直、少し疲れた。

今の私はシグベルドと共にいるより、実の父との時間の方が緊張し、身構えてしまう気がする。

溜息を噛《か》み殺《ころ》しながら、宰相の執務室から皇太子宮へ続く廊下を歩いていると、不意に背後から声をかけてくる存在があった。

「ご機嫌はいかがですか、義姉上」

一瞬それが私への呼びかけとは気付かず、そのまま先を進みそうになったけれど、付き添いの侍女に視線で促されて足を止め、振り返った先には一人の青年がいた。

年頃はシグベルドより五、六歳は若い。私と同じ年頃で、漆黒の髪と、光の加減で金色に見える琥《こ》珀色《はくいろ》の瞳をしている。

まだ十代ということもあってか、少年期を脱したばかりの顔立ちにはいくらか幼さが残っていて、そのせいかにこりと微笑むと愛嬌《あいきょう》が増して見える、私を姉と呼ぶその人物は原作の主人公となる第五皇子、アルベルトその人だ。

「まあ、アルベルト様。お久しぶりでございます、留学からお戻りになったのですね。いつお戻りになっていらっしゃいましたの？　すぐに気付かず申し訳ございません」

生主人公！　しかも本編が始まる前だからまだ若い！

気分は思いがけずアイドルに出会えた一般人である。

一番の推しはシグベルドだけど、だからって別にアルベルトが嫌いなわけじゃない。

これまで彼と顔を合わせることがなかったのは単純にアルベルトが帝国にいなかったから。

彼は三年前に隣国へと留学していたのだ。

普通、留学していた皇子が帰ってくればそれ相応にお迎えやパーティがあるはずなのに、それがなく、皇城にいた私が気付きもしなかったということは、それらを辞退してひっそりと帰国していたのだろう。

アルベルトは末の皇子で母親の身分が低いこともあってか、この時期はなるべく目立たぬように過ごしていたと回想で描写されていた。

もちろん上の兄たちの帝位争いに巻き込まれぬようにするために。

「お久しぶりです。実は一昨日には帰国していました。あまり騒ぎにされるのは苦手なので、こっそりと」

「まあ。そうと知っていれば、私もこっそりとお迎えするくらいのことはいたしましたのに」

「そうですね、義姉上が皇城に滞在なさっていると知って僕も驚きました。知っていたら先にご連絡をしておいたのに」

「ああ……ええ、まあ、そうですわね……私も、ちょっと予定外のことで……」

アルベルトとしては何の含みもないのだろうけれど、私からするとちょっと気恥ずかしい気分になる。

だってアルベルトの知っている私とシグベルドの関係は、まだ正式な婚姻前に皇太子宮入りするほど親しくはなかったから。

それもただ城での生活を命じられたのではなく、正式な妻同然の皇太子妃の部屋を与えられている。

社交界では、その事実はもちろんあの自分に厳しく他人にも手厳しいシグベルドがどんなに忙しくとも毎日の晩餐を私と過ごすために時間を取っている、ということにも天変地異でも起こったのかレベルで驚かれているらしい。

おかげで皇太子の機嫌を取りたい貴族たちからは連日のように面会の要望が届く。

もちろん彼らの下心は丸見えで、シグベルドからは魂胆の判りきった人間の相手をする必要はないと言われているけれど……まあ人間の手の平返しってすごいな。

不仲だった時期にはこんな要望どころか、逆に関係を悪化させるような陰口を囁《ささや》いてくる人たちばかりだったんですけどね。

「実は昨日もお見かけしたのですが、お声を掛けるタイミングを失してしまって……最後にお会いしてから随分経ちますし、僕だと判らなくて驚かせてしまうかもと」

「あら。確かに驚きましたが、驚いた理由は三年前より見違えるほどご立派になられていたことと、ご帰国を存じ上げなかったからであって、お姿が判らなかったせいではございませんわ。お優しい笑顔も、穏やかな雰囲気も全て私の記憶にあるとおりです。すぐアルベルト様だと判りました」

私がアルベルトの顔を判らないなんてことがあるはずがない。

いつも主人公の顔は表紙絵や口絵、挿絵で見ていたのよ。もちろん少年期から青年期まで完全網羅しておりますとも。

それに最後に会った三年前まで、シグベルドとの関係が上手くいかず落ち込んでいた私に、いつも優しく接してくれた恩人でもある。

性根が良いとはお世辞でも言えない他の皇子たちに比べれば、天使かエンジェルか神の御使《みつか》いかという存在だった。

かたや最恐ラスボスと言われる兄、シグベルドと、かたや天使主人公と言われる弟。

何という両極端な兄弟なのか。

でもこの二人、異母兄弟だからね。そのせいか、二人はさほど似ていない。どちらも母親似という設定みたい。

私の言葉にアルベルトははにかむように笑った。

笑顔が可愛い正統派主人公、尊い。

「義姉上がお元気そうで何よりです。それに以前より明るくなられて、兄上と上手くいっておいでなのですね」

「えっ、まあ、はい……それなりに……？」

上手くいっていて良かったね、と邪気なく笑顔を向けられるとなんだか普通に言われるより二割増し気恥ずかしく感じるのは気のせい？

ごほん、とわざとらしく咳払《せきばら》いをして話題を変えた。

「シグベルド様とはもうお会いになったのでしょうか？」

今度は私から問いかけると、アルベルトは目に見えてその表情を曇らせた。

実は以前の私とシグベルドの関係が上手くいっていなかったように、シグベルドとアルベルトの二人もあまり上手くいっていない。

どちらも帝位継承権を持つ皇子で母親が違い、後ろ盾も違うとなれば当人同士の付き合いにも影響が出るものだ。

ましてやシグベルドは正妃の子で、正当な帝位継承権第一位を持つ長兄。

対してアルベルトの母は身分の低い下級貴族家出身であり、碌《ろく》な後ろ盾も持っていない。

この差は同じ兄弟でも天と地ほどに大きい。

だからといって特別シグベルドと兄弟仲が悪いわけではないのだけども。少なくとも他の皇子たちに比べればマシな方じゃないかしら。

原作では最終的にその仲が決裂し、敵対関係となってしまったけれど、お互いに目指す方向や手段が違っただけで、アルベルトは最後まで兄との和解を望んでいた。

「近いうちにご挨拶できればと思っているのですが……お忙しい兄上の邪魔をするのも躊躇《ため》われまして、なかなかタイミングが掴めていないのです」

ふむ。私は考えた。

今現在の私の目標にはシグベルドを死なせないことも加わっている。

原作でのシグベルドの死因はアルベルトとの一騎打ちでの敗北だから、ここで兄弟の仲を取り持っておけば、二人が敵対せずに手に手を取り合う和解ルートだってあるんじゃない？

原作のラスボスと主人公が手を結ぶことができれば、それはそれで胸熱な展開になるのでは？

正直に言って私は悪役として登場したからには最後まで悪役を貫いてほしいし、途中で手の平を返して仲間になるという展開は、よっぽどそうなるに至るまでのお話を丁寧に持っていってくれないと、だったら最初から話し合えよと思うタイプの人間なわけですよ。

だからこそ最後まで己の主張を翻すことなく悪役として生き、手の平を返すこともなく悪役のまま散ったシグベルドに悪の美学を感じたわけ。

でも今の二人はまだ敵対していないし、シグベルドも苛烈で冷酷で恐ろしい皇太子の名を我が物としているけれど、まだ悪役というわけではない。

だったら今の段階で手を結ぶのは全然アリでしょう。むしろ今が一番の機会なんじゃない？

それにこの世界を現実として生きる立場からすると、いずれ最高権力を持つ人間が内輪もめしているのって大きな不安材料でもあるわけですよ。

なんとか今のうちに改善できるものならば、そうしたい。

「もしよろしければ、私の方からシグベルド様にお伺いいたします。殿下のご都合にもよりますが、ご一緒にお茶かお食事ができればよろしいですわね」

「本当ですか？　ありがとうございます、その際は是非ご一緒させてください」

どうやらアルベルトも私に、シグベルドへの取り次ぎを期待していたみたい。

利用されるのはごめんだけど、仲を取り持つためなら喜んで協力しよう。

彼の期待に応えねば。

＊＊＊＊＊

オクタヴィアが俺の許にやってきたのは、宰相のコンチェスター公爵が彼女と接触したという報告を受けて数時間が過ぎた後のことだった。

てっきり父親と何か問題でもあったのかと考えたが、そうではないらしい。

こちらの機嫌を伺うような視線を向けながら、彼女が口にした者の名はその父親ではなく、俺の腹違いの末の弟のものだ。

アルベルトが留学先から帰ってきたことはもちろん知っているが、まさか今彼女の口からその名が出るとは思っていなかった。

なんとなく不快な気分になった理由はなぜなのか。

「アルベルト？　確かに戻ってきているとは聞いているが、それがなんだという」

他の弟皇子たちに比べれば、アルベルトの存在は俺にとってさほど脅威ではない。

だが、だからといって好んで親しく付き合おうと考えているわけでもない。

オクタヴィアに言わせれば薄情に感じるかもしれないが、家族団らんという感覚が薄い皇族や貴族では珍しい話ではない。

一般家庭でも色々な事情がある。帝位争いをする関係ならなおさらだ。

しかしそんな俺に彼女は言う。

「せっかくお戻りになったのですから、一度くらいご一緒にお茶会をなさるのはいかがかと思いまして。アルベルト様から留学先での楽しいお話も聞かせていただけるかもしれません」

彼女としてはそう悪くない提案だと思っているのだろう。

確かに争うよりは手を取り合うことができるならそれに越したことはない。

弟たちとの間でそれができるかもしれない唯一の可能性があるのはアルベルトだろう。

だが。

「必要性を感じないな。その時間が惜しい」

オクタヴィアは断られるとは思っていなかったようだ。

最近関係が良くなってきたこともあって、多少の希望は聞き入れるようになっていたから、今回もと期待していたのだろう。

だが彼女はそれで諦めなかった。

すぐに気を取り直したように笑みを作って食い下がる。

「では、晩餐はいかがです？　今夜の晩餐の席にアルベルト様もご招待するのでは」

そんな彼女の提案に、ざらりと砂が混じるような先ほど以上に不快な感情がこみ上げた。

お前は俺の婚約者であるはずだ。それなのになぜ、それほど熱心にアルベルトに肩入れをするのか。

その疑問が、そのまま言葉となって彼女に向けられる。

「随分とアルベルトの肩を持つな。そうする理由があるのか？」

「えっ……」

俺の声に、しばらくなかった威圧を感じたのだろうか、途端にオクタヴィアの顔が強ばった。

ここ最近彼女を怯えさせることのないように意識していた分、ここでの俺の変化はてきめんにその効果を発揮したらしい。

とたんにオロオロと視線を彷徨わせる彼女の顔色がやや青ざめて見える。

なぜ俺が急に不機嫌になったのか、その理由が判らないのだろう。

彼女からすればアルベルトとの顔合わせを提案しただけに過ぎないのだから。

しかしそれが判っていても俺の不快な気分が収まることはなかった。

とにかく黙っていてはまずいと判断したのか、しどろもどろになりながらも彼女は言う。

「と、特別な理由は何も……ただ、せっかく帰ってこられたのですし、知らぬ仲でもないので交流を持っても良いと思っただけで……ご兄弟ですし……」

「兄弟、か。一歩間違えれば互いの命を取り合う敵だな」

「アルベルト様にそのような意思はないと思います。あの方はシグベルド様を尊敬なさっていますよ」

「本人がそう言ったのか？」

鋭く切り返すとオクタヴィアは口ごもる。

「それは……」

以前から、オクタヴィアとアルベルトがある程度の交流があることは俺も知っている。

交流とはいってもその仲が疑われるような深いものではなく、顔を合わせれば笑顔で挨拶をし、時間があれば多少の立ち話の時間は取る、その程度のやりとりだ。

俺とは違いアルベルトの持つ印象は柔らかい。

そのせいもあって彼女も気負うことなく相手ができるのだろうし、物腰の柔らかな弟の言動に好意を寄せる貴族も少なくない。

またアルベルトは常に一歩引いた立場を守っている。

少なくとも俺の障害になる意思はない、というアピールなのだろう。

だが、だからといってあいつが帝位を望んでいないとは限らない。人畜無害な顔をしながら裏では胸の悪くなる企みを企てる者など山ほどいる。

アルベルトがそうだとは言わないが、違うと言える材料もないのだ。

穿《うが》った見方をするならば、オクタヴィアを介して俺に揺さぶりをかけようとしている……というようにも見える。

「今の時点でアルベルトと距離を詰めるつもりはない。あいつは帝位にもっとも遠い場所にいるが、継承権は持っているし、あいつを支持する者も少ないながら存在する」

「ご本人がどう考えているかはお話をしてみなければ判らないじゃないですか？」

なおも食い下がるオクタヴィアに、苛立《いらだ》ちが湧いた。

「くどい」

ハッと彼女が息を呑《の》む。

「どうしてもというのならあいつに伝えろ。俺と兄弟ごっこがしたいのであれば、その帝位継承権を放棄してこいと。それからなら考えてやる」

俺がしまったと感じたのは、そう言い捨てた直後だった。

オクタヴィアがここ最近見ることのなかった怯えた表情を浮かべ、その大きな瞳を潤ませている。

苛立ちのままに彼女を傷つけたことに気付いたが、謝罪の言葉を口にすることはできない。

俺の立場では自分の落ち度を簡単に認めることは許されないからだ。

「……オクタヴィア」

そのため、別の言葉で彼女を宥めようとした……我ながら情けないことに、俺は言い訳をしようとしたのだ。

しかし。

「……承知、いたしました……お忙しい中、お邪魔してしまい申し訳ございません……」

それよりも早くに消え入りそうな声で彼女はそう告げると、大げさなくらい恭しいカーテシーを残して背を向けてしまう。

逃げるように立ち去る彼女の背を見送って、高く舌打ちをしていた。

「……一体、何をしているんだ」

今の俺はオクタヴィアの一挙手一投足に翻弄されている自覚がある。

マルケスがもの言いたげな視線を向けているのが判る。

しかしそれには気付かないフリをして手元の書類へと向き直るが、つい先ほどまでこうしようと考えていた思考は既に綺麗に頭から消えてしまっていた。

＊＊＊＊

ふらふらと自室に戻った私は、出迎えたサーラに縋《すが》り付くようにカウチに座り込んでしまった。

「お嬢様？　どうかなさいましたか？　お身体の具合でも悪いのですか？」

サーラは気遣って何度も尋ねてくれたけれど、私は答えなかった。

だって口を開けばシグベルドへの恨み言が出てきそうなんだもの。

（あんな言い方しなくたって良いじゃない。アルベルトと没交渉のままだと将来的にあなたの命が危ないから仲良くしてほしいんですけど？　人の気も知らないで、何が帝位継承権の放棄よ！）

……だけどそれを知らないシグベルドが弟を警戒するのは当然のことだ。

敵がいつも判りやすい言動をしているわけではないと彼はこれまでに嫌と言うほど経験しているから、アルベルトの自分を慕う言動に裏がある可能性を考えても仕方ない。

（だけど、もう少し親身に話くらい聞いてくれたっていいのに、石頭！）

この日、すっかり不貞腐《ふてくさ》れた私はシグベルドとの晩餐に体調不良を理由に欠席した。

どんな顔で彼と顔を合わせれば良いか判らなかったし、何を話せば良いかも判らなかったから。

それは一日だけのつもりで、明日からは普段通り振る舞うつもりだった。

でもこの日を境に今度はシグベルドの方から断られるようになってしまい、近づいていたはずの私たちの距離はたちまちの内に遠ざかる。

結果、私とシグベルドが再び不仲になったらしいという噂は、やっぱりあっという間に城内、そして社交界に知れ渡ったようだった。

その噂の回る速度たるやパパラッチも真っ青だ。

あることないこと脚色を加えて広められているのも、似通っている。

こういうところ、どこの世界、どこの時代でも変わらないのかもしれない。

その弊害はすぐに私の許にも形となって現れた。

というのも、噂になったと思ったとたんに、シグベルドと帝位争いをしているアルベルト以外の三人の皇子たちからそれぞれに手紙が届くようになったからだ。

「どなた様も仕事が早いですね……」

呆れ混じりに呟きながら開いた手紙に書いてあることはどれも同じ。

シグベルドに愛想が尽きたのであれば、自分と結婚しないかという内容だ。

どなた様も既に有力貴族家のお嬢様と婚約済みのはずだけど、シグベルドの勢力を削るためなら長年の婚約者を妾《めかけ》に落としてでも、我がコンチェスター公爵家を引き込みたいということらしい。

お断りだけどね、そんなの。女をなんだと思っているのよ。

けれどそんな皇子たち以上に、私の神経を逆撫《さかな》でしたのは実父だ。

「すぐにでも殿下に謝罪し、お怒りを解いていただけ」

謝罪と言うけれど、私の言動の何が彼の気に障ったのか判らないのだから謝罪しようがない。

やっぱりちょっと手厳しく突き放されたからって、不貞腐れた子どもみたいに晩餐を欠席したことがいけなかったの？

シグベルドだって、その後の晩餐をすっぽかしたし、私が何度手紙を送っても返事もくれないじゃない。

何度か会いにも行ったけど、忙しいと断られて門前払いされてしまうし。

「聞いているのか、オクタヴィア！」

……考えるとだんだん腹が立ってきた。

これって私だけが悪いの？

シグベルドもお互い様な気がするんだけど？

言いたいことがあるなら言えば良いじゃない、一度抱いただけの女が図に乗るなって。

「オクタヴィア！」

何を言っても黙り込んだまま、しまいにはむすっとした顔をする私の様子にお父様はその声をどんどん大きくしてくる。すっかりシグベルドの威厳に慣れた私はその程度じゃもう怖くない。

はあ、と溜息を吐くと告げた。

「サーラ。お父様にお帰りいただいて」

サーラが戸惑うより先に反応したのはお父様だ。

「何だと、親に向かって……！」

「大きな声を出さないでください。私だって自分なりにあれこれ考えて悩んでいるんです。大体お父様がそんなに声を荒げたからって、殿下のご機嫌が治るとでも仰るのですか」

珍しい娘の反論に、お父様はぐっと顎を引いた。

「心配しているなら、しばらくそっとしておいてください。そうでないと全て嫌になって修道院へ駆け込むかもしれませんよ」

「お前……」

絶句するお父様にもう一度私は告げた。

「頭が酷《ひど》く痛むのです。どうか今日はお引き取りください」

それ以上刺激すると危険と判断したのか、お父様が不満そうにしながらも立ち去ったのはそのすぐ後のことだ。

はあ、とまた再び溜息を吐く。

頭痛がするというのは嘘じゃないけれど、この頭痛がじっと大人しくしていて癒えるものではないことは判っている。

おもむろに立ち上がった。

「お、お嬢様どちらへ？」

慌てて後を追ってくるサーラに端的に告げた。

「シグベルド殿下のところへ行ってきます」

こうなったら直談判しかないわ。

何が気に障ったのか教えてほしいし、その結果私が悪いのならちゃんと謝りたい。

それでも話をする気がないのなら、無視なんて子どものすることですよと言ってやる。

このまま以前のような冷たい関係になるのは嫌だ。

記憶が蘇る以前の私たちは、本当に必要なやりとりしかしなかった。

ううん、必要なことさえ極限まで削り落として、なるべく会わずに済むようにしていた。

シグベルドが怖かったし、できることなら逃げ出したくて、彼と会話なんて考えられなかった。

あちらはあちらで私のことは完全に政略結婚の駒としてしか見ていなかったと思う。

あの誕生日パーティだって礼儀として招待状は送ったけど、本当に出席してくれるとは考えていなかった。

それまでにも公爵家で主催したパーティに何度も招待したけれど、彼が足を運んできてくれたことなんてほんの二、三度あったかどうかというくらいだったから。

会わずに済んでいたことにはホッとしていたけれど、内心こんな有様で夫婦生活なんて成り立つのだろうか。

さぞ息苦しく冷たい、責任だけを負わされた辛い日々になるのだろうと絶望していた。

だから記憶が蘇ってすぐに婚約解消を望んだし、それが無理だとなった今は少しでもマシになるようにしたかった。

だけどこれまでよりシグベルドと接する機会が増えて、推しだとか、好きキャラとか以前に、彼という人に触れて、今のシグベルドとならもしかしたら良い夫婦になれるかもって期待した。

その矢先のすれ違いだから、余計に苦しい。

昔は我慢できたけど、一度期待してしまった今は仮面夫婦以上に冷たい関係は絶対に嫌だ。

それくらいなら言いたいことを言って、喧嘩《けんか》する方が良い。

ふう、と何度目か判らない吐息を胸の内側から吐き出して、暴れるように脈打ち始める心臓を宥めながらシグベルドの執務室へ向かった。

心配したのか、サーラや護衛騎士たちがついてこようとするけれど、彼らには廊下で待機してもらう。

また門前払いされたらどうしよう。できればせめて話がしたい。

そんな思いでシグベルドの許へ向かったけれど、私の面会希望は意外なほどあっさりと通り、この一週間固く閉ざされていた扉が開く。

緊張と怯えとなけなしの勇気を持って私は室内に踏み込んだ。

直後、間の抜けた声を漏らす羽目になった。

「……あら？」

どうやら私よりも先にシグベルドの許には来客がいて。

その来客は、尊大な表情で腕を組みながらソファに腰を下ろしているシグベルドの向かいに座りながら、

「こんにちは、義姉上。お邪魔しています」

私へと実に、にこやかな天使の笑みを浮かべてそう言ったのである。

第四章　雨降って地固まり、そしてまた雨が降りそうです

「……アルベルト様？　どうしてここに……」

驚いて、ここに来る前に懸命に高めていた意気込みも霧散してしまった私は、ぱちぱちと目を瞬かせるとアルベルトとシグベルドの二人の顔を見比べた。

人の良い笑みを浮かべているアルベルトに対してシグベルドは無表情だけど不機嫌そうだ。

それでもアルベルトを追い返してはいないみたいだし、今回は私の入室も許してくれたみたい。

困惑した様子を隠せない私に、アルベルトが説明してくれる。

「お二人が仲違《なかたが》いしていると聞きまして。義姉上に取り持っていただけるよう頼んだ後のことだったので、もしかしたら僕が原因なのかなと思いまして」

もしそうなら放っておけないと、アルベルトから足を運んできたらしい。

先日会ったときにはシグベルドへの帰国の挨拶さえ躊躇っていた様子だったのに、私たちのことを聞いて勇気を出してくれたのだとしたら感激ものだ。

「アルベルト様、ありがとうございま……」

「別にお前のせいではないし、仲違いなどしていない」

私の言葉を遮るようにシグベルドが言う。

不機嫌そうなその声や態度にはやっぱり怖じ気づくけれど、人の言葉を遮るなんてあんまりだ。アルベルトという味方がいることも手伝って、私はムッとした表情のままシグベルドを恨めしげに見つめた。

「ではなぜ、この一週間私を無視したのですか」

「無視などしていない。先に俺を避けたのはお前だろう」

「それは……最初の日の一度だけです。シグベルド様はその後ずっと私を無視しました」

「忙しかっただけだ」

「それで一週間も無視なさるんですか？　それまではどんなに忙しくても毎晩晩餐の時間だけは空けてくれていたのに？　だったらいつまで待っていろとかなんとか言えたじゃないですか」

はっきり言って、どっちもどっちだ。私もシグベルドもお互いに大人げなかった。

だけど、これは言わせてもらっても良いと思う。

「あんなやりとりをした後で、そんな対応をされたら傷つきます。わ、私は、あなたに嫌われてしまったのかと、ずっと不安で」

あ、駄目だ。冷静に話をしなければと判っているのに、感情が高ぶって涙が出そうになる。

懸命に奥歯を噛みしめながら瞬きをした。

めそめそと泣く面倒な女だとは思われたくない。

ここで口を開いたのはアルベルトの方だった。

「どうやら僕はここで失礼した方が良さそうです、兄上。どうぞ後はお二人でお話しください」

彼がソファから腰を上げた。

「ですがこれだけは繰り返しお伝えしておきます。僕には他に想《おも》う人がいます。義姉上とお会いしたのは先日偶然出会って帰国の挨拶をしたあのときだけで、誓ってそれ以上のことはありません」

そのまま一礼するとアルベルトは立ち去ってしまった。

……どういうこと？

多分ヒロインのタチアナのことだと思うけど、アルベルトに想い人がいることや、私と挨拶以上のことはないことの何が関係あるの。

まるで私とアルベルトの仲を否定しているような…………そこまで考えて「うん？」となった。

そういえば言い争いになったあのとき、シグベルドは私がアルベルトとの会話の場をセッティングする話をした後から不機嫌になったような？

えっ？

それってまさか。

「…………もしかして、嫉妬していたとか？」

ポツリと自信なさげに問いかけた私の言葉に、シグベルドの眉間に皺が寄った。

でも否定はしない。ということは。

「えっ、本当に？　……なにそれぇ……」

力が抜けたように呟く言葉と同時に、ボロボロと堪えていた涙がこぼれ落ちる。

嫉妬？　私がアルベルトの肩を持つようなことを言ったから？　そんな理由？

確かに状況を考えればそんなふうに聞こえたかもしれないけど、まさかシグベルドが嫉妬するなんて思っていなかったから、その可能性に欠片《かけら》も気付かなかった。

でも、それなら嫌われたわけじゃなかったんだ。

深い溜息が聞こえた。

「そこに座れ、オクタヴィア」

言われるままふらふらとソファに向かった。

シグベルドが促した対面ではなく、その隣にだ。

彼はちょっと驚いたみたいだったけど、へなへなと座り込む私を移動させることはせず、視線だけで部屋の中に待機していた近侍や護衛、マルケスたちを外へ出してしまう。

ここから先は二人だけで、第三者の存在は不要だと言わんばかりに。

ぐすぐすと嗚咽《おえつ》を漏らしながら私は言った。

「私は、ただ、二人が、打ち解けて味方になってくれたら……将来、対立する可能性が、低くなったら……あなたの危険も減るだろう、って思って……」

「お前は以前から、あいつと親しかっただろう」

「特別、親しかったわけじゃありません。誰かさんが、冷たすぎただけです」

そりゃあ以前のシグベルドと比べたら、殆どの人と親しくなってしまう。

それくらい彼との関係が冷めすぎていただけだ。

「お前は俺が嫌いだっただろう」

この質問は何度目だろう。そのたびに私は否定していたけれど、今回は違った。

「シグベルド様だって、私のことをただの政略結婚の道具としか思っていなかったじゃないですか」

「過去の話だ」

「私だって過去の話です」

まだ涙に濡れた目でじいっと彼を見上げる。

シグベルドもまた、相変わらず無表情のまま私を見下ろす。

だけど今、これまで感情が窺《うかが》えないと思っていた彼のその瞳に、いつもとは違う揺らぎがあるように見えて、私は無意識のうちに彼の赤い瞳を追うように右手を伸ばしていた。

その手が掴まれる。阻むというよりは、掴み取るという感じで。

そしてそのままぐいっと手前に引っ張られると、傾いた私の身体を支えるようにもう片方の彼の手に腰を抱かれ、さらに引き寄せられる。

この後何をされるかを察して、私は言った、拗《す》ねた声で。

「キスで誤魔化そうとしても駄目ですからね」

でも言った側から潤んだ視界に彼の顔が大写しになり、直後唇を奪われていた。

「ん……ふ、ぁ……」

私が僅かに口を開くのと、唇の間を強引に割って舌を差し込まれるのと、どちらが早かっただろう。

生温かい他人の舌は決して美しいものではないはずなのに、私は蜜に誘われる蝶《ちょう》のように自らも舌を差し出して彼のそれに表面を擦り合わせながら吸い付く。

「ん……」

自然と鼻から抜けるような媚びた声が漏れる。

いつの間にか解放されていた手を彼の首裏に回し、彼の膝の上に乗り上がる格好で縋り付いていた。

シグベルドも私の後頭部を支え、逃れることを許さぬように抱えている。

ただ口と口を合わせ、舌を吸い合っているだけ。それだけのはずなのに、身体の奥からぞくぞくとこみ上げる快感が背筋を駆け抜けて全身へと広がっていく感じがする。

深いキスも、抱き合う行為も陶酔するくらい気持ち良くて、身体の一番深い場所が疼くような感覚に私は何度も身震いした。

もっと近く、もっと強く触れ合いたいと思う欲望が体温を否応《いやおう》なしに上げて狂わせていく。

きっとそれはシグベルドも同じだと、そう思いたい。

何度も角度を変えて、離れては重ね、重ねては求めてを繰り返すうち、私はすっかり息を上げ、我が身を彼の腕に委ねるようにもたれかからせていた。

シグベルドの大きな手の平が私の頬を撫でる。

その刺激にさえ、短く甘えた声が漏れてぴくっと肩が揺れる。

そんな私に彼は言った。

「今夜も遅くなる。先に晩餐は済ませていろ」

「……」

またぼっち夕飯か、とガッカリするより早く。

「遅くなるがお前の寝室にいく。そのつもりで支度をしておけ」

そのつもり。それって、つまり、抱かれるつもりってことでいいのよね？

違うって言われたらまた泣いてしまいそう。

実は、最初に彼に抱かれた夜から二度目以降がないことを私は密かに気にしていた。

たった一度だけで飽きられてしまったのではないか、何か知らない間に粗相をしてしまったのだろうか、と。

だけどシグベルドがとんでもなく忙しく、夜遅くまで働いていることを知っている。

単純に時間がないか、疲れていてその気になれないのか……そう思うと会ってくれるだけでも破格の扱いのように思え不満や不安を抱くのは違う気がして、彼の方から何かリアクションを起こしてくれないかずっと待っていた。

「……お待ちしています」

頬を撫でる彼の手に、はにかみながら頬をすり寄せて口付ける。

彼は相変わらず大きく表情を動かすことはなかったけれど、その肩がピクリと揺れたのは触れ合うところから伝わってくる。

私がちょっとだけ満足そうに笑うと、シグベルドは逆に不満そうに眉間に深い皺を寄せ、そうして再び唇を塞がれた。

身動きができないくらい強く、抱きしめられながら。


その後、名残惜しい気持ちで自室に戻った私は、心配させたサーラに詫び、それから夜にシグベルドと約束をしたことを伝えた。

それがどんな意味を持っているかはもちろんサーラも理解している。

やはり婚約者同士とはいえ婚前の関係は褒められたものではないけれど、彼女は素直に安堵し、喜び、そして祝ってくれた。

事前に言われていたとおり、晩餐の時間に彼は現れなかった。

昨日まではたった一人の食事で、空いた向かいの席を寂しい気持ちで見つめるだけが精一杯だったけれど、今夜はそんなことはない。

食事を終えて部屋に戻れば、サーラが湯浴《ゆあ》みの支度を調えて待っていてくれる。

少しぬるめの、ローズの香油が垂らされたお湯に時間を掛けて浸かり、全身を磨き、またお湯に浸かって身体の強ばりを解いてから、湯上がりのマッサージで肌を整えるクリームを塗り込まれる。

特に肩から背中、腰の辺りを丁寧に解されると全身が柔らかくなるようで、あまりの心地よさに私は少し眠ってしまったみたい。

「お嬢様。終わりました」

優しく声を掛けられて目覚めたとき、時計の針はあと二時間ほどで日付を変える時刻を指していた。

サーラや他の侍女たちが共にいるのはここまで。

私一人を寝室に残し、彼女たちが静かに退室すると、カチコチと規則的な時計の振り子が揺れる音が室内に小さく響く。

その音に合わせて、ドクドクと脈打つのは私の鼓動だ。

素肌に柔らかくしなやかなシルクのナイトドレス一枚を身に纏いながらそのときをじっと待つ時間は、まるで初夜のよう。

時間と共に緊張と羞恥が高まる。それと同時に不安も。

私はシグベルドの「そのつもり」という言葉を間違えて受け取っていない？

彼に私を抱く意思がなければ、私一人が空回っているみたいでしばらく立ち直れそうにない。

それにもし、朝まで彼が来ることがなかったら？

約束したのだからそんなことはない、と思いながらも、もしかしたらと不安になるのは私に自信がないからかもしれない。

だって、何も聞いていないのよ。私は彼の気持ちは何一つ。

でも、それはおあいこで私だって、本当の気持ちは伝えていないのかもしれない。

改めて考えるとこれまでに伝えた好きという言葉は、彼自身と言うよりは物語の推しへの比重が大きかった……ような気がする。

彼に私の気持ちを否定しないでくれと言ったにも関わらず、その私の気持ちは今の現実のシグベルドに向けての言葉だったと本当に言い切れる？

そう考えると心臓の辺りがぎゅうっと締め付けられるような感覚がした。

私は物語に登場する悪役としての彼が好きだった。

だけど記憶を取り戻すまではむしろ彼を忌避していて嫌っていた。

じゃあ、今、自ら望んで彼に抱かれたいと願っている現在の私はどうなのだろう。

きっと前世の記憶がなければ、私は今も彼を恐れ、嫌い、逃れることばかり考えていたはずだ。

その後彼がどんな人生を歩もうと気にはしなかっただろうし、記憶を取り戻して婚約破棄を考えていた頃だってこの先彼が破滅すると知っていても、それをどうにかしようとする意識までむかなかった。

原作通りなら仕方ないって心のどこかでそう思っていたのかもしれない。

自分はその通りになりたくなくて逃げようとしていたくせに、彼の未来を変えようとはしなかったのは、つまるところ彼が現実に生きている人だという実感が薄かったせいだと思う。

でも公爵領で襲われたと聞いて、傷を負った彼を保護して共に城へ帰り、結果的に抱かれることでこれは現実であって、架空の物語ではないと無意識に理解するようになった。

そしてアルベルトとのことで言い争い、彼に避けられるようになったあの時間の苦しさと悲しさは嘘じゃない。

今もまだシグベルドが登場人物の一人だと思っていたら、たとえ無視をされても冷たくされても、それが彼だからと暢気《のんき》に受け入れ納得していただろう。

だってシグベルドという人物はそういうキャラだから。

だけど私は彼に距離を取られたことに傷つき、そのままでは嫌だと思った。

そして今は自ら抱かれる準備をして、こうして訪れを待っている。

それは物語の中の彼に向けた気持ちではない。

現実に、目の前に一人の男性として存在している、シグベルドという一人の人間に対して抱いている感情だ。

今の私が彼に対して向ける気持ちは、なんと説明すれば良いのだろう。

「……あっ……」

そのとき、扉をノックする音が響いて思わずびくっと肩が揺れ、声が漏れた。

扉を叩《たた》いた人物はその向こうで何も言わず、私の返答を待っている。

もし場の雰囲気に流されただけなら、ここで断れば黙って引き下がると言わんばかりに。

一瞬だけ迷った。私は今、本当に彼を受け入れても大丈夫かと。

でも迷ったのは本当に僅《わず》かな時間だけで、すぐに腹を括って声を出す。

難しく考えすぎるより、今の自分の気持ちに素直に行動したっていいじゃない。

「はい」

自ら扉の前へ向かい、自分の手で開けた。

音もなく開いた扉の向こう、いつもより軽装のシグベルドがいて、そんな彼の顔を見上げてはにかむように微笑む。

彼は一歩前へ踏み出すと、私が入り口から身を引くより先に両腕を伸ばし、その腕に抱え上げ、そしてあっという間に寝台へ運び込むと抱き上げたときよりもゆっくりとした動作で私を横たえるように下ろした。

シーツの上に私のローズピンクの髪が波打つように広がる。

シグベルドは覆い被さるように私を見下ろしながら静かに身体を倒し、額を合わせ、そして私の頬に口付けてから唇を合わせてきた。

「……ふふっ……」

「何を笑っている」

「だって……すごく性急なのに、殿下が優しい」

荒々しく奪われるのも嫌ではないけれど、こうして優しく口付けられると本当に幸せな気持ちになる。

たとえ流されたのだとしても、この時間を私が後悔することはないだろう……と思うくらい
「お前が怖くないようにしろと言ったのだろう。それとも荒っぽい方が好みか」

前回のときに告げた言葉を彼はまだ覚えていたみたいだ。また笑ってしまった。

「そうでした」

今、彼の目に私はどんなふうに見えているだろう。

少しでもその心を揺らす存在になれているといいのに。

願いながら、そうっと囁くように告げた。

「……私、あなたが好きです」

心のままに想いを告げる。この言葉は目の前にいる、彼だけに捧げたもの。

今まで何度同じ言葉を告げても本当の意味では信じてくれなかったシグベルドは、この私の言葉に一瞬瞠目《どうもく》し、それからほんの少し目元を和らげた。

不思議と、今の言葉は信じてくれたように感じる。

私に、そんな優しい目をしてくれるのかと思うと、それだけで泣きたくなるくらい胸が一杯になるくらい嬉しい。

再び唇が重なる。しっとりと互いの体温を移すように。

柔らかな粘膜同士がピタリとくっついて、その隙間から差し出された舌を啜り合う。

そうしながら彼の大きな手がナイトドレスの上から私の身体を探り、上向いて生地を押し上げる胸の膨らみを掴み、そしてゆっくりと揉《も》み上げた。

「あぁ……」

自然と喉の奥から感じ入った声が漏れ、喉を晒すようにのけぞれば、その無防備な首筋へと彼の唇が移動する。

右耳のすぐ下、薄い皮膚越しに血管を探すように舌を這わされるのと、既にツンと尖っている先端を指でつまみ上げられるのとは殆ど同時で、押し寄せる二つの快感に私は奥歯を噛みしめて身を震わせた。

シグベルドの手に触れられるのが、気持ちいい。

初めてのときはもう何が何だか判らなくて受け止めるのに必死になっていたけれど、そのときも確かに感じたじっとしていられないくらいの刺激と快感が、今また私の中に蘇る。

男の人の手で身体に触れられることがこんなに気持ち良いなんて……もちろん、誰でも良いのではなく彼であることが大前提だけれど。

それと同じくらい恥ずかしい。自分がはしたない行為に溺れかけているという自覚があるからなおさら、泣きたくなるくらいの羞恥に襲われる。

でも、止めてほしくないし、続けてほしい。

シグベルドの口付けが首筋から胸元へと降りてくる。

時折肌を味わうように舌を這わせ、ちゅっと吸い上げて痕を残しながら、彼の口付けは私の視線を意識するようにゆっくりと胸の膨らみを辿《たど》り、そうしてナイトドレスの合わせを閉じるリボンに辿り着いた。

滑らかな上等のシルク生地のナイトドレスは、リボンも同じ素材でできていて、ちょっと端を引っ張ればすぐにほどけてしまう。

リボンがほどけるのに僅か遅れて、ドレスの合わせが開き、私の身体の両側へと滑り落ちる感覚に思わず目を閉じた。

「目を開けろ、オクタヴィア。ちゃんとこちらを見るんだ」

元々低いシグベルドの声だけど、今は腰に直接響くくらい艶を含んだ低音だ。

その声だけでも彼がちゃんと私を相手にその気になってくれているのが判る。

彼の目に、女として見られていることが素直に嬉しい。

だけど、その言葉にはすぐに従えなかった。

「む、無理です……恥ずかしい……」

本当に恥ずかしい。まだ二度目、しかも今回は以前よりさらに雰囲気があるとなればなおさら恥ずかしい。

触れられてもいない場所が既に潤い始め、じんっと言葉にできない疼きを放ち始めているのが判る。

頑なに目を閉じ続ける私の反応に、シグベルドが胸に歯を立てたのはそのときだ。

「痛っ……！」

言うほど本気で痛かったわけではないけれど、肌に触れる人の手の感覚が突然固いものに変化したから、驚いて目を開けてしまった。

そしてすぐに目を開いたことを後悔してしまう。

だって、彼の真っ赤なルビーのような瞳が私を見ている。一度その瞳に捕らわれると胸の奥が甘く疼いて、私は悪魔に魅了された生《い》け贄《にえ》のように彼から目を離すことができなくなった。

「俺に触れられて、お前の身体がどう変化しているかしっかり見ておけ」

言い様、その両手が私の胸を両脇から寄せるように絞り上げた。

綺麗なお椀《わん》型を描いた二つの乳房はその手の中で簡単に形を変え、卑猥《ひわい》に歪んだ姿を私の目に見せつける。

とりわけ視線が引き寄せられたのはその胸の頂点で膨らむ二つの蕾だ。

普段着替えや入浴の際に目にするそれは、見慣れているものであったはずなのに、初めてのときと同じかそれ以上にいやらしく尖り、真っ赤に熟したベリーのように色づいている。

それがひどく淫らに見えて、私の体温を上げた。

本当なら目を背けたい。

だけど既に彼の瞳に魅入られた私は、命じられたとおり目を逸らすことができない。

その私の視線の前で、シグベルドはなおも淫らに胸を揉み拉き、指と指の間に挟んだ乳首をくびり出すように捏ね、そしてその片方に舌を伸ばした。

たっぷりと唾液をまぶした熱い舌で。

「んっ……！」

小さく腰が跳ねた。全身の産毛が逆立つような、ぞわっと背筋を駆け上がる刺激は確かに快感で、抗えない強い感覚に私は身もだえするように背をのけぞらせる。

咄嗟に両手が彼の肩を押すように伸びたけれど、シグベルドは構わず私の胸にしゃぶりつき、舌で飴玉《あめだま》を転がすように乳首を舐め、吸い、そして扱く。

もう片方のそれは指で同じように扱き、ひっぱり、押しつぶし……どんどん充血し敏感になっていくそこから与えられる愉悦に耐えかねて、彼の肩に縋っていた両手を外し、代わりに自身の口を押さえた。

「口を塞ぐな。声など好きに上げれば良い」

そう言いながら彼はチロチロと舌先で乳首のてっぺんを舐める。

言葉を紡ぐ際に漏れるかすかな吐息さえ、濡れ光るその場所に吹きかかると、ひんやりとした感覚にきゅうっとお腹の奥が締め付けられるような切ない感覚がするから不思議だ。

彼に触れられ、口付けられる度に私の身体は小さくビクビクと震えた。

怖いのではない。自分の意思にかかわらず、勝手に反応してしまう。

胸の内で脈打つ鼓動は相変わらず早く強く、今にも弾《はじ》け飛《と》んでしまいそうなくらい激しい。

そのたびに大量の血液が全身へと送られるようで、どんどん熱くなる私の身体は既にしっとりと汗ばみ始めている。

「俺の言うことがきけないのか？」

責めるわりに彼のその口調はどこか楽しげだ。

意地の悪い言葉を責めるように私はちょっとだけ睨んだ。でも口を押さえる手は離さない。

その下からどれほどくぐもった声や吐息が溢れようとも。

フッと彼が笑う吐息が胸元にかかる。

それにさえ、ピクッと反応してしまう私の身体をなぞるように、シグベルドの片手が胸から腹へ、さらに固く合わせた両足の間へと降りていく。

既にナイトドレスの前身頃は全て解かれ、今の私はただ生地を羽織っているだけの状態だ。

下着などは身につけておらず、身体の前面を全てさらけ出しているから、彼の手を阻む存在は何もない。

その目的地を理解して咄嗟にお腹に力を込め、両足をさらに強く合わせたけれど、シグベルドは僅かな隙間をこじ開けるようにあっさりと手を潜り込ませて、私のその場所をぞろりと指で撫《な》で上げた。

「ひっ！」

咄嗟に両手で彼の手を掴む。

それと同時に切羽詰まった声が漏れたのは、彼が容赦なく指を私の中へと沈めたからだ。

触れたかと思ったらいきなり指を突き入れるなんて、慣れない女の身体に乱暴な真似をと思うけれど、恥ずかしいことに既に濡れに濡れ、自ら綻びかけていた私の身体は彼のその指をあっけなく内に呑み込んでしまう。

「恥ずかしいと恥じらいながら、ここはもう随分と柔らかい。まだ抱かれるのは二度目だというのに物覚えの良い身体だ」

「そ、んな、ん、あっ……や、うぅっ……！」

意地悪な言葉に抗議しようと、私が何か言おうとする度にシグベルドはぐちゅぐちゅと指を動かして、その指の腹で膣壁を擦り上げる。

そうしながら器用に私の両足を自分の腰を跨《また》ぐ格好で大きく開かせてしまうから、もう恥ずかしい場所を隠すこともできない。

「中が吸い付いてくる。覚えは良いがこらえ性がないな……もうほしいのか？」

真っ赤に染まった顔で彼を睨んだ。

でもそうするとまた粘着質を伴った淫猥《いんわい》な音を響かせながら内側を擦られ、それと同時にもう片方の手で表に顔を出し始めた陰核を撫でられるから堪らない。

「あ、あ、んんっ！」

気がつくと私の中に沈む指は二本に増えて、まだ狭い中を広げるように動かされる。

その指が抜き差しされる度に、一緒にドロドロに溢れる愛液が掻《か》き出されて、それは私の会陰を伝い、お尻の下敷きにしたナイトドレスの生地に大きな染みを広げていく。

びくびくと身もだえするように身を捩らせる私の下半身を固定しながら、シグベルドは波打つ下腹部に口付けを落とした。

外側からなのに、まるでその下にある子宮に直接口付けられるような錯覚を覚え、私の喉から子猫が低く唸《うな》るような声が漏れた。

「う、うう、んんっ、あっ……あぁ……っ！」

背が反り上がる。

腰が浮き上がる。

そうすると腰が落ちているよりも中を探りやすくなるようで、彼の指はより一層深い場所まで沈んでくる。

その指は太く長い……そのため本来なら届かないような、どこまで沈んでいるのかと怖くなるくらい深い場所まで探られて、痛いような苦しいようなでもそれらを上回る鋭敏な刺激に目の前でチカチカと火花が散った。

「うぁ、や、怖い、だめ、そこはいや……！」

無我夢中で再び両手で彼の手を掴んだ。その手がガクガクと震えている。

殆ど涙混じりに必死に縋ったけど、シグベルドは止めるどころか私の中をぐちゃぐちゃにする手を止めようとしない。

「本当に嫌か？　良い、の間違いではないか？」

「そ、んなこと……ほんとに、だめ……！」

「そんなに蕩けた赤い顔で？　乳首も陰核も固く尖らせておいて？　ここなんぞ泥濘《ぬかる》んだ泥沼より熱く柔らかい」

指が三本に増やされる。

ますます強い圧迫感に内側を押されて、私は苦しげにはくはくと呼吸を繰り返すけれど、そこから溢れる愛液の量はさらに増すばかりだ。

その愛液に塗れた陰核に触れていた方のシグベルドの手が離れ、代わりに赤く尖った乳首の片方へ舞い戻ってくる。

ぬるぬると淫らな液体を擦りつけるように凝ったその場所を撫でた彼の指は、私の喉から甘い嬌声《きょうせい》を導き出した直後、ぎゅうっと痛いくらいの力加減で真っ赤に熟したベリーを潰すように引っ張った。

「や、いっ……！　ああ、んんっ！」

尖った乳首を強く引っ張り上げられて痛いはずなのに、どうしてそこがジンジンと疼くのだろう。

それと同時に私の中を探る指の動きは止まらず、内側のざらついたところも、うねったところも、濡れそぼった粘膜も全てを擦り立てられて、私の中に宿った熱がぐんぐん凝縮してくる。

「あ、や、いく、いっちゃう……！　くる、あぁっ！」

絶頂を迎える際に、いくとかくるとか、そんな表現が多いけれど正直本当にそんな言葉が出てくるものなのだろうか。それはどんな感覚なのだろうかと、初めて抱かれるときまで疑問に思っていた。

なんとなくみんながそういう表現をするから、右に倣え状態なのかなって。

でも違う。実際に経験してみて、その意味が判る。

だって、本当に何かが押し寄せてくるような、暴発するみたいにどこかへ飛んでいってしまいそうな問答無用の官能は、他に表現しようがない。

「あっ、あ、ああ、あ、ふ、でんか、しぐ……！」

だけどその強烈な感覚はまだ不慣れな身には怖いくらい強くて、私は殆ど泣きながら彼の手に縋った。

「こわい、こわい、や、きちゃう、こわい……っ！」

怖い怖いと泣きながら涙の雫《しずく》を飛ばす私の手を、胸に触れていた方の彼の手が握り返す。

その感覚に少しだけホッとした途端、ぐりっと内壁を強く擦られて大きく膨らんだ熱が音を立てるように弾けた。

咄嗟に奥歯を噛みしめた私は、殆ど声もなくその爆発に耐えるけれど、彼の指を呑み込んだままのその場所は切ないくらいにその指を締め付けながら、二度三度と立て続けに大きく腰を跳ね上げた。

と同時に身体の奥から、愛液よりも粘度の低い液体が噴き出すようにこぼれ出て、シグベルドの手を、服を、そして寝具までも濡らす。

まるで粗相したような勢いに狼狽えて堪えようとするけれど、私の腰がビクビクと繰り返し痙攣する度に、そこから液体がしぶいて、自分の意思では止められない。

ようやく落ち着いたのは、すっかりとシグベルド自身を濡れそぼらせてしまった後だ。

「……う、うそ……」

荒い呼吸と共に、半ば呆然とした声が漏れた。まるで自分のものではないみたいに。

私、今、どうなったの？

もしかしてこれが噂の潮吹き……？

二つの人生を合わせても初めての経験にどうしたらいいか判らず荒い呼吸を繰り返しながら呆然としていると、私の中に沈んだままのシグベルドの指がおもむろに引き抜かれて、その摩擦に思わず甘い声が出た。

「あっ……」

「すごいな。びしょ濡れだ」

「……ご、ごめ……」

本当にびしょびしょだ、これ寝台どうなっちゃうの？

後片付けも大変だろうけど、彼を汚してしまったと咄嗟に詫びようとした私の言葉は途中で止まってしまった。

完全に言葉が出る前に身を屈めたシグベルドによって唇を塞がれたからだ。

「ん……んむ……」

キスはすぐに深くなって、互いの舌を絡め合う。

すると一度達したはずの私の身体はまた反応し、今は空っぽになったその場所がひくりひくりとわななくようにひくついて、中がうねり始める。

自分の身体が何を求めているのかが判らないはずもなく、はしたない反応にさらに羞恥した私の前で、おもむろに身体を起こしたシグベルドはその身に纏った衣服を脱ぎ始めた。

最初はシャツから。

私と同じく就寝前の身軽な姿だった彼は、それ一枚を脱ぐと上半身が裸になる。

暗殺騒動の際に刻まれた傷はもう塞がっているけれど、他の肌とは違う色合いではっきりと残っていて、他にも古い傷、新しい傷が様々にその身体に刻まれている。

でもそんな傷さえも勲章のように見えるほど、可能な限り鍛えられた彼の身体は逞しく、見惚れるほどに美しい。

女性とはまったく違うその身体は、見せることではなく戦うことを目的としたものだ。

私が見ていることなど気にしたふうもなく、続いて彼は下肢の衣服も緩めて脱ぎ落とした。

思わず視線をちょっと逸らしてしまったのは、衣服を脱ぎ落とす際に雄々しく猛《たけ》ったその場所が視界に入ってしまったからだ。

今、こうして見てしまうとその大きさに内心びっくりする。

「手を出せ」

言われるまま恐る恐る片手を差し出すと、その手が引かれる。

辿り着いたのは、つい先ほど目を逸らしてしまった彼の雄部分だ。

表面はしなやかなのに、その芯は熱く固いその感触に思わず手を引っ込めてしまいそうになるけれど、それは彼が許さない。

私の手に手を重ねるように己のものを握らせた彼は、私の反応を見るように薄く笑った。

「覚えておけ。これがお前の中に入るものだ」

彼はぎこちない私の手をすぐに解放すると、その代わりに閉じかけていたこちらの両足を腰が浮き上がるほど深く開かせて、ほころびながら蜜を吐き出すその場所に自身の先端を擦りつけてくる。

「あ、ぁあ……」

ただお互いの性器を擦り合わせているだけ。

それだけなのに頭の中がドロドロになるくらい気持ち良い。

充分な愛撫に濡れそぼり、潮まで吹いた私のその場所は既に準備を終えていて、二度三度と位置を確かめるように擦り合わされた後に沈めてきた先端をそのまま素直に呑み込んだ。

「あ、あ、んん、んっ………っ！」

ずぶずぶと隘路《あいろ》を割って入ってくる長大なそれに内側から押し上げられて少し苦しいのに、たっぷりと愛撫されたせいか最初のときのような痛みは殆ど感じない。

ただ自分の身体の中を貫き、支配されるような感覚と、その全てで内側を抉《えぐ》り擦り上げられる感覚に私は寝台に後頭部を押しつけるようにしながら必死に耐えた。

強烈な圧迫感が少し苦しい。

でも、一度達して弾けたはずの熱が再び宿って、私の最奥を押し上げながら身の内を焼くような熱い快感がある。

「オクタヴィア」

シグベルドが私の名を呼んだ。

知らぬうち閉じていた目を開いてみれば、私と彼の腰が隙間なくピタリと重なり合っている。

自然と繋がった場所に目を向けると、その視線を理解したシグベルドはさらに私の太腿を抱えるように腰ごと高く持ち上げて、より接合部が見えるような姿勢にされた。

声も出せず、目も逸らせずにいる私の前で彼がゆっくりと腰を引く。

するとうねる膣壁を振り切るような感覚と共に、ぬらぬらと濡れ光る彼自身が私の中から半分ほど顔を出し……とんでもなく淫蕩な光景に頭を殴られたような衝撃を受け、鼓動が跳ねた。

「あっ……」

でもそれと同時に私の肉襞は中に残った彼に口付けるようにきゅっと絡みついたらしい。

思わず、といった様子で感じ入った彼が吐息ともに漏らす僅かな声に、私の深い場所が焦れるように切なく疼き続ける。

私が見つめ続けるまま、彼は引いた腰を再び前へ押し出して私の中に己を沈めた。

「あ、ああ……」

また奥まで圧迫感が襲ってくるけれど、それ以上に頭を焼くほどの快感で全身が小刻みに震える。

そのまま彼は腰を使い始めた。

互いの繋がった場所から奏でられる耳を塞ぎたくなるような粘ついた音と肌を打つ音、そして寝台がかすかに軋《きし》む音が室内に響く。何度も私の中を出入りする彼自身をいつまで見つめていられただろう。

気がつくと私は彼の腕を辿《たど》るようにその肩を抱き寄せ、両足を相手の腰に絡めてより深く密着させながら、自らも腰を揺らしてその交わりに夢中になっていた。

中を貫くように抉り、擦り、そして最奥を叩く雄芯の与えてくる官能に溺れながら、抱きしめられ、押しつぶされた胸の先が彼の胸板に擦れる刺激さえ興奮する。

「あ、あぁ、あっあんっ！　ああ、いい、もっと……！」

「ふしだらな身体だ……貪欲に俺を搾りとろうとする」

「だって、いい、気持ちいいの、もっと……好き、大好き……！」

「……まったく、お前という女は……悪食め」

一瞬罵られたのかと思うような言葉なのに、その声には疑いようのない甘さがあって私を身もだえさせる。心なしか収められた彼自身がさらに膨らんだように感じたのは私の気のせい？

私たちはお互いに全身を汗と言葉に出せないもので濡らしながら夢中で身を繋げた。

前後に振られ、円を描くように腰を回され、数え切れないくらいの抽送でかき回された接合部から、空気を含んで白く泡立った体液が溢れ出る。

正面から繋がっていた身体は片足を担がれるように横を向き、かと思えば這いつくばり高く腰を上げた姿勢でも貫かれて、その間私は何度も果てを見た。

「あー、ああっ、ふ、ん、あぅ……っ！　あっ、あ、ああああっ‼」

絶頂に押しやられて上げる嬌声は、まるで言葉を忘れた獣みたい。

淑女のたしなみも恥じらいも、今はどこにも存在していない。

何度も身体を揺さぶられ、渾身の力で縋り付く私の中でシグベルドが二度果て、溢れるほどに大量の白濁を注がれたことまでは覚えている。

でもそこで終わったのか、あるいは三度目があったのか……殆ど意識を失うように身を投げ出した私には判らなかった。

＊＊＊＊

異性に、好きだと告げられることはそう珍しくはない。

だがその言葉に真実の感情が含まれていることは滅多にない。

女たちの多くは、好意を伝える言葉を口にしながら、その本心では言葉と相反する感情を内包する。

そんな有様だから、愛の告白とやらを信じられた試しは一度もなかった。

俺が皇太子というだけで、自ら身を投げ出し、心の伴わない愛の言葉を口にする女は枚挙に暇がない。たとえ幼い頃から契約を交わした婚約者がいても、それを承知の上で籠絡しようとする。

愛欲に溺れることは愚かなことだと、ずっとそう感じていた。

だからいっそ、そんな言葉も行動も起こさず、静かに俺と距離を取るオクタヴィアとの関係は、俺を恐れ嫌悪する女の陰気な眼差しにさえ我慢すればある意味楽でもあった。

けれどあるときを境に彼女は変わった。

これまでの陰気な様子はすっかりなりを潜め、それと同時に公爵令嬢らしい振る舞いには少し陰りが見えたが、感情豊かに変化するその表情には裏表が存在しない。

そのことに妙に安堵する自分がいた。

その上、彼女は俺に好きだと言う。

これまでにも他の女たちから散々告げられた言葉だが、それらとは少し違う……けれど素直に信じるには引っかかりのある言葉を本気で告げてくる。

思えばそのときから彼女のことが気になるようになった。

我ながら単純だと思うが、それくらいにオクタヴィアの口にした「好き」という言葉は、俺に新鮮な驚きを与えたのだ。

けれど、ずっと違和感もあった。

彼女のその言葉は本当に俺自身に向けてのものかと。

シグベルドという俺に向かって言っているようで、良く似た別の誰かに捧げているようにも聞こえた。それが今ひとつ信じ切れなかった理由かもしれない。

けれど二度目に抱いた夜に告げられた言葉は、真実俺自身に対するものだと実感できた。

どこか遠くを見ていた彼女の目が、やっと俺自身に向けられたような、そんな気がした。

そのときを俺は待っていたように感じる。そして同時に思った。

ああ、これはもう手放せないなと。

後ろ盾だの、立場を固めるためだの、そんな政略的な理由とは全く別の意味でこの女がほしい。

ほしいと思う気持ちを諫《いさ》める必要もない。

その心も身体も全て俺のものだ。

初めて、愛欲という言葉の意味を知った。

オクタヴィア。俺はお前に全てを捧げることはできない。

この身は既に国に捧げた。

お前にも、そしていつかお前が孕《はら》むだろう俺の子にも同じことを求めるだろう。

だが、心ならばくれてやる。

お前が真実俺にその心を捧げるならば、同じかそれ以上の想いを返してやろう。

俺の人生で唯一、共に歩くことを許す。たとえそれが傲慢な行いだと判っていても。

だからオクタヴィア、どうか裏切らないでくれ。

俺の許から離れるな。共に死を迎えるそのときまで。

＊＊＊＊

この夜から、シグベルドは二、三日に一度は私の寝室へやってくるようになった。

そしてそのたびに身体を繋げて、私に不埒《ふらち》な快感を植え付けていく。

一度果てて終わるときもあれば、二度三度を迎えても終わらず、夜が明けるときもある。

でも彼はどんなに遅くなっても、僅かな睡眠を取っただけでぐったりと力尽きた私を残して仕事に戻ってしまう。

「……あの人、相当なワーカホリックじゃない？」

冷酷で容赦のない皇太子。

だけど天才的な才能を持ち、挫折を知らない、人の心が判らない人。

人は彼のことをそう言うし、確かにシグベルドは全てにおいて天才的な才能を持つ人ではあるけれど、挫折を味わったことがないわけではないし、努力や苦労を知らない人でもない。

だってそれなら、毎日寝る間も惜しんで公務に当たるわけがないもの。

それに比べて現在の皇帝は本当にろくでもない。

息子に仕事の大半を押しつけて、自分は何をしているの。

皇帝としての責任を果たすつもりがないなら、さっさと譲位してしまえば良いものを。

だけどそうなったらなったで、やっぱりシグベルドの身が心配だ。

若いからって無理ばかりして、あるとき急に身体にガタがきてからでは遅いんだから。

そんなことを考えている日の夜も、いったん仕事に整理を付けたシグベルドがやってきた。

いつもはそのままなし崩し的に寝台に連れ込まれてしまうけれど、今夜は私がお茶の支度をして待っていたことに気付いたらしい。

「それはなんだ？」

「お茶です。身体に良いハーブティーを用意しました」

にっこりと微笑みながら告げると、彼は一瞬目を丸くし、そしてフッとその口元をほんの僅かだけ綻ばせた。

「お前に身体を労られるとは思っていなかった」

「人を気の利かない、薄情な人間のように言わないでください。私だって毎日ろくに休んでいない人が側にいれば、心配するくらいのことはします」

「怖いな。毒でも入っていそうだ」

シグベルドなりのブラックジョークだと判るけど、意地の悪いことは言わないでほしい。

せっかく用意したのに、とじとっとした目を向けて頬を膨らませて見せた。

「私が毒味します。大体あなたは働き過ぎです、まるで生き急いでいるみたいで不安になります」

「生き急ぐ、か……確かにそうかもしれないな。時間はいくらあっても足りない」

私の隣に腰を下ろす彼の目前で、ティーポットのお茶をカップに注ぐ。

そのお茶に一口、口を付けて見せてから、新しいカップに彼の分のお茶を注ごうとした私の手を止めて、シグベルドはつい先ほど私が口を付けた方のカップを持ち上げると飲み干した。

熱くないのかな。一気に飲んで大丈夫？

心配そうに見ていると、彼の片腕が私の肩を抱いて引き寄せてくる。

素直に身を任せれば、すぐに肩の手は腕を撫で下ろすように落ちて、脇の下から片胸を掬うように包み込まれた。

「あっ……もう。……今日はもう寝てください。あなたがまともに寝ているところを見たことがなくて心配なんですから」

「こうしている方が疲れは取れる」

「嘘ばっかり」

「嘘じゃない。お前の身体は、柔らかくて心地よい」

「……っ」

耳に直接囁くように言われて、その低い声にお腹の奥がズシンとやられる気がした。

鼓動が跳ね、全身の肌が熱を持つ。

そんな私の反応を、彼がじっと見ている。

場を誤魔化すようにもう一度ティーポットに手を伸ばそうとしたけれど、それを邪魔するように胸を掴む手に力を込められ、卑猥に形を変えられる己の乳房を見下ろして、諦めたように真っ赤な顔でシグベルドを睨んだ。

「……寝てほしかったのに」

「最低限の睡眠はとっている」

「最低限じゃ駄目なんです。睡眠時間はできるだけしっかりとった方が……んっ……」

「俺にとっては長時間眠るより、お前を抱いている方がいい。……随分素直な身体になったな？」

シグベルドの膝の上に乗せられ、ナイトドレスの上から今度は両方の胸をまさぐられる。

薄い生地を押し上げるその頂点は既に凝り始めていて、指で擽《くすぐ》られるだけで官能に火がつけられ、鼻から甘えた声が漏れてしまう。

次いでドレスのスカートをたくし上げられて太腿をなぞり、さらには下着の中に長い指を潜り込ませて秘めた場所をなぞられると、私のそこはとっくに準備を整えてしとどに蜜をしたたらせた。

「誰のせいだと……あぁん……っ！」

背後から抱え込むような姿勢で片膝を持ち上げられて足を開かされる。

泥濘《ぬかる》んだその場所に躊躇いなく突き入れられる二本の指が、一気に深いところまで押し入ってきて私の中が縋り付くように蠢《うごめ》いた。

ぐちゅぐちゅと聞くに堪えない音を発しながら遠慮なくかき回され、ビクビクと腰をわななかせるようになるのはそのすぐ後だ。

私は何度もほしいと訴えて、泣き出すくらいに焦らされながら、この夜も彼に抱かれた。

こんな有様だから私たちの関係は、やはりあっという間に外に広がって、もう知らない者はいない。

シグベルドの側近のマルケスと顔を合わせると何とも複雑そうに、

「まったく……あの方には困ったものです」

と本当に困っているような生温《なまぬる》い苦笑を向けられるし、アルベルトからも、

「兄上は本当にあなたを愛おしく思っておられるのですね」

なんてちょっと照れくさそうに微笑まれる始末だ。

身の置き所がない、というのはこういう気分のときに使うのかも。

皇族にはプライベートがないっていうけど本当だわ。日々の生活はもちろん、本来は秘められる情事ですら人の噂に上るのだもの。

おかげでお父様はずっと上機嫌だし、私のご機嫌伺いにやってくる貴族たちの数も再び増えた。

それはいい。

一応これでも私も公爵令嬢として幼い頃から教育を受け、社交界デビュー後は皇太子の婚約者として多くの洗礼を受けた身だ。

貴族たちの相手の仕方を間違えれば面倒事に発展すると嫌と言うほど承知しているから、対処法は学んでいる。

いつまでもオロオロしていても仕方ない。

逃げないと決めたのなら、私も今できることをしなくてはならない。

幸いあれ以来シグベルドとアルベルトの仲は以前より改善した。

ものすごく仲の良い兄弟とまでは言わないけれど、普通の兄弟くらいにはなったんじゃないかと思う。

このまま、せめて問題が発生したときには話し合いができる程度の関係は保ってくれますように。

また他にも、皇太子妃としてできる仕事を少しずつ行うようになった。

とはいえもっぱら勉強が主なのだけれど、以前からずっと教育を受けているので今はおさらいと言った感じだ。

今、急ピッチで進んでいるのは来年の挙式に向けての準備である。

今はまだ婚姻前だから政務に関わることはできないけれど、忙しいシグベルドの手をなるべく煩わせないように、婚姻準備に関して私ができることはできるだけ引き受けるようにしている。

それを一番喜んでくれたのは、当日の婚礼用の衣装やアクセサリー作成に携わる服飾師や細工師、そして儀式の一切をになう担当者たちだった。

皇太子の婚礼は国事である。当然やることはまだまだ膨大に残されており、彼らとの打ち合わせや必要な物の手配、事前の確認などで私もそれなりに忙しくなった。

でも、概《おおむ》ね私の存在を好意的に受け入れてくれる者がいれば、反感を覚える者もいるようで、じわじわと嫌がらせのような行為が周囲で起こるようになってきたのは最近になってからのことである。

最初は差出人不明の手紙だった。

ううん、手紙というのは語弊があるかもしれない。

その文面には何も記載されていなかった。封筒に収められていたのは、どす黒く変色した動物の血が染みこんだ、真っ赤に染まった便せんだけだ。

「な、何ですかこれは！　こんなものを、オクタヴィア様の許に届けたのは誰ですか⁉」

声を上げたのはサーラだ。この手紙も問題だけど、それ以上に問題なのは本来見るからに怪しげなものが私の手に届いたこと。

こんな怪しいものは事前に弾いて私の目に触れぬように処分するはずだから、私に届くこと自体がそもそもおかしい。

でもサーラのその問いに答える者はいなかった。

皆が口を揃えて判らないと告げたのだ。

侍女や侍従が気付かなかったとしたら職務怠慢だし、故意に見過ごしたのなら悪意がある。

シグベルドに頼んで不心得者たちを全員入れ替えるべきだと主張したサーラを、それはやり過ぎだと宥めたのは私である。

「今の私はまだ城の人事に口出しできる立場ではないのよ。偶然紛れてしまっただけかもしれない。今の時期に城の人々と関係を悪化させるようなことはしたくないわ」

結局皆には、今後は注意してほしいと告げるだけで収めたけれど、もちろん気分の良い話ではない。

城に勤める人々はその多くが本人も貴族家の出身だ。

明確な証拠もなく責任を問うことはできない、というのが本当のところである。

そんな日々の合間を縫って、私は親しい友人の令嬢たちを招いて、皇太子宮のプライベートガーデンでお茶会を開いた。

招いた人物は全てで三人。

未来の皇太子妃主催のお茶会としては規模が小さすぎるけれど、あまり大げさにはしたくない。それにそもそも今は社交界のオフシーズンなので帝都にいる令嬢はそう多くないし。

本来なら無理に開かなくてもいいようなレベルだ。

ただ、今シーズンは様々な理由で社交界には数える程しか出席できず、友人たちとのやりとりも殆どできていなかった。

今年の社交界での情報がほしいし、皆様からは心配したり様子を窺ったりする手紙を幾つも受け取っていたのに直接説明する機会もなく今まで来てしまったので、せっかくならその両方を叶えようと考えたのだ。

お茶会は終始和やかに進んだ。

「オクタヴィア様がお元気そうで安心いたしました。皇太子殿下からのご寵愛も深いと伺っています、本当によろしゅうございました」

「心配させてしまってごめんなさい。皆様に充分なご挨拶もできず、お招きするのが遅くなってしまったことをお許しくださいね」

「とんでもございません。皇太子殿下のプライベートガーデンでこのように素晴らしいお茶会に招いていただけたことも嬉しいですが、オクタヴィア様からお誘いいただいたことがとても嬉しいです」

「来年のご婚礼の際は、よろしければ是非ご招待くださいませね」

「ええ、もちろんです。きちんと大切な友人として皆様の席はご用意させていただきます。招待状も間もなくお送りしますので、是非ご参列くださると嬉しいわ」

この世界でも六月の花嫁は幸せになれるというジンクスがあるようで、その六月の第一週に私たちの婚礼が行われる。

そんなふうに会話を楽しみながら、一口サイズのケーキを口に運んだ、そのときだった。

「っ‼」

口に入れて歯を立てたその途端、ガリッとケーキにあるまじき音と痛みが走った。

咄嗟にハンカチで口元を押さえてそこに吐き出すと、ケーキのクリームやスポンジに混じって血とガラスの破片が出てきて、呆然と見つめる私の口元からタラリと赤い血が雫を落とす。

「きゃああっ⁉　オクタヴィア様！」

途端にお茶会の席は令嬢たちの悲鳴に包まれ、慌てて駆け寄った侍女と騎士たちによってその場は騒然とし……せっかくのお茶会がそこで終了してしまったのだ。

「菓子にガラス片だと？」

もちろんその騒動はすぐにシグベルドの耳にも入った。険しい表情をして現場までやってきた彼がまずしたことは、私の口の傷を確かめることだ。

「切ったのは口の中か。毒は入っていないな」

傷は頬の内側と歯茎に少し。喋ると痛いけど、すぐに吐き出したしそれほど大きな傷ではない。宮廷医の見立てでは数日もすれば良くなるだろうとのことだ。

しかし問題はどこでケーキにガラスが入ったかだ。当然ながらパティシエはもちろん料理人は全て拘束され、取り調べを受けることとなった。

お茶会の席にいた私の友人たちもだ。

「お茶もお菓子も用意したのはこちら側で、お二人は触れてもいません。帰してあげてください」

懇願した結果、友人たちは聴取を受けて犯行は不可能だと判断の上で解放してもらえることとなったし、半分泣きながら私を案じてくれたけれど、申し訳ないのはこちらの方だ。

せっかくのお茶会に水を差してしまった。

その後、製菓の段階で誤ってグラスが割れてしまうアクシデントがあり、その破片が知らぬうちに生地の中に入ってしまったのではないか、という報告があった。

この結果、製菓担当のパティシエと、その上司の二人がクビになった。

跪《ひざま》いて謝罪し慈悲を乞う彼らの姿に胸は痛んだけれど、完成したケーキに何者かがガラス片を忍ばせれば、繊細な飾りを施したケーキの形は必ず崩れてしまう。

どう考えても制作中に紛れ込んだとしか思えない状況では、過失にしても人の口に入る物に異物が混入していたことに気付かなかった彼らの責任が大きい。

むしろクビで済んで良かったと思う。

きっと私が正式な皇太子妃になった後だったら、皇族に傷を負わせたという理由で縛り首でもおかしくなかった。

「二度と同様のことが起こらぬよう、これまで以上に厳重に管理しろ。また護衛や毒味の人数も増やせ」

「はい。そのように手配いたします」

シグベルドの指示を受けて、マルケスが深く頭を下げる。

そんな彼らの姿に、

「どうかあまり大事にしないでください。たまたまの不幸な出来事だっただけかもしれませんから」

傷の痛みを堪えてそう頼んだけれど、シグベルドはこれが私の言う、たまたまではないと考えているのは明らかだ。つまり私は何者かに狙われたということになる。

「やり方が随分と中途半端だ。単純に考えてオクタヴィアを邪魔だと思う者がいるだろうことは想像がつくが、俺たちの婚約は昨日今日決まったものではない」

邪魔をするには遅すぎる、と言いたいのだろう。

それに排除するなら毒殺とか、暗殺とか、そんなやり方の方が相応しい気がする。

これではちょっとした質《たち》の悪い嫌がらせレベルだ……まあ、それも充分困るのだけれど。

「私を排除したい。でも殺すほどではない理由があるのかもしれません」

「あのコンチェスター公爵が、娘が嫌がらせを受けた程度で引き下げると思うか？　お前の実の親に対して手厳しいことを言うが、公爵はお前が生きている限りはどんな姿でも俺に差し出すのを諦めないだろう」

「……それは、そうですね……」

私が以前あれほど願っても、婚約解消を許可しなかった父だ。

お父様の中では明らかに娘自身より、娘が得る地位の方が大事なのは間違いない。

それこそ我がコンチェスター公爵家に決定的な落ち度がない限り、お父様はシグベルドとの結婚を諦めたりはしないだろう。

極端な話、皇城内で私が心や身体を損ねることがあっても、それを阻めなかったことを理由に責任を取れとよりいっそう結婚を要求するに違いない。

つまり今回の出来事は私への精神攻撃以外には、政治的には意味がないということになる。

「オクタヴィア」

「はい……」

「しばらくの間、必要な場合以外は部屋の外に出歩くな」

「……はい」

軟禁かあ。

相手の目的が判らない以上仕方ないこととはいえ、ずっと部屋の中にいるなんて気が滅入《めい》りそう。

だけどこれをきっかけにその後私の周りでは、不可解な出来事が続くようになったのだ。


「お嬢様……これはさすがにあんまりだと思います。もう何度目でしょうか」

窓ガラスを汚す、どす黒い血の跡を見つめる。サーラの顔色が青い。

その窓に面するバルコニーの床に落ちているのは無残な姿となった鳩《はと》の死骸だ。

初めてこれを目にしたときはさすがに悲鳴を上げた。

だっていきなり派手な音を立てて窓ガラスが割れたと思ったら、そこらじゅう真っ赤なんだもの。

何事かと護衛騎士に確認してもらったら血糊《ちのり》は窓の向こうのバルコニーの床や手すりまで広がっていた。

一見カラスにでも追われてぶつかってしまったのかと思ったけれど、すぐにそれが否定されたのは、とてもではないけれど鳩一羽の血の量ではなかったし、血塗れの動物の腸があちこちに転がっていたから。

きっとこれに血を詰めて、外から投げ込んだのだろう。

そして水風船のようにぶつかった衝撃で破れて、中から血糊が飛び出し周囲を汚したのではないか。

すぐに騎士たちが周囲を探したけれど、逃げ足の速い犯人は見つからなかった。

「……可哀想《かわいそう》なことをするわ……この子にはなんの罪もないのに……せめて埋めてあげなくちゃ」

これだけに限らず、他にもやり方は違えど嫌がらせは毎日続いた。

あるときは私が通る廊下が汚されていたり、またあるときは寝台に針が仕込んであったり、さらには食事に軽い毒が盛られてあったり。

「やっぱり、私に精神攻撃を仕掛けている者がいる、ということよね……」

問題なのはシグベルドが警備を強化してくれた後に起こっているということよ。

不充分な警備をシグベルドが許可するわけはないし、無能な者を採用するはずもない。

とするならば、考えられるのは本来私を守るべき側の人間の中に犯人がいる。

一体何がしたいのかはまだ判らないけれど、今は嫌がらせで留《とど》まっていたとしても、それがいつもっと直接的な行動に変わるか判らない。

並の令嬢なら震え上がって逃げ出したくなるだろう。

もちろん私だって怖いし、良い気分はしない。尻尾を丸めて逃げ出したいレベルだ。

原作でのオクタヴィアもこんな嫌がらせを受けていたの？

今の私はシグベルドとの仲が良好で、彼に相談も不安を訴えることもできるけれど、もしそれができない状況でこんな嫌がらせを受け続けていたら、多分もっと精神的に追い詰められていたはず。

いっそ毒物だとか、刺客だとか、もっと判りやすい行動を取られていた方が理解はしやすかったかもしれない。

相手の目的が判らないまま、じわじわと私の心を追い詰めるようなやり方は、そのまま私の心の負荷になる。

しかも私を悩ませるのはこうした嫌がらせだけではない。

ざわざわする気持ちを押し隠しながら、それでも私はできるだけ表向きは普段通りの生活を心がけていくつかの社交に出席した。

シーズン中は私たちくらいの年齢の貴族子息令嬢にとっては婚活がメインだけど、今のオフの時期帝都に残っている貴族たちは政治の中枢に関わる者たちばかりで、開かれる社交の場は政治の方に比重が大きくなる。

雰囲気も、参加者の顔ぶれもガラリと変わる中で私は未来の皇太子妃として振る舞わなくてはならない。

もしかするとあの人もこの人も、私に嫌がらせをしている人かも知れないと思えば、地味に精神を削り取られていく。

だけど日々嫌がらせを受けていることなど表に出すわけにはいかない。

私は笑わなくてはならなかった。

「おい。笑顔が強ばっている」

「そう仰る殿下の方こそ、少しは愛想笑いくらいなさってください。私の表情筋が限界を迎える前に」

「本当にそうしていいのか？　俺が無理に笑うと皆逃げ出すのだが」

「殿下の分も私が頑張ります」

どこへ行っても私たちは注目を浴びた。

不仲と噂されていた過去がなかったかのようなシグベルドの私への深い寵愛はどこから、何が理由で始まったのかと興味津々で、中にはきわどいことまで探ろうとする者もいる。

今も無表情の彼の隣でにこやかに微笑みを浮かべつつ、先ほどのような会話をヒソヒソと交わす姿が随分と仲良さげに見えるらしく、特定の女性と親しげに身を寄せ合う皇太子の姿に見慣れていない人々は驚きを隠せない様子だ。

「何も無理をして愛想笑いをする必要はない。皇太子妃に牙を剥いてくる者にはそれ相応の報いを与えてやろう」

「誰もが馬鹿正直に正面から牙を立ててくるわけじゃないってこと、ご存じですよね？」

「今日はどんな嫌がらせがあった？」

「ドレスがズタズタにされて衣装部屋にばらまかれていました。あのドレス一着を仕立てるだけでどれほどの人の手がかかっているか知れたものではないのに……もっと許せないのは嫌がらせのために力ない動物を犠牲にすることです。人の心があるのでしょうか。本当にひどい。犯人を捕まえた際はきっちりお仕置きをしてください」

犠牲になったのはあの鳩だけではない。

一つ一つ上げていくのは控えるけれど、どれもか弱い動物ばかり。

私は動物が好きだ。物語の中でも人間が辛い思いをするより動物が苦しむ描写の方が胸に来るし、前世では動物物語に軒並み号泣した記憶がある。

動物虐待犯は皆、同じ目に遭わせてやりたいと思う。

だからこそ動物を犠牲にした嫌がらせは特にこたえる。

「お前は自分が嫌がらせを受けるより、動物が犠牲になる方が嫌なのか」

「もちろん嫌がらせも嫌です。でも人間の諍《いさか》いに巻き込まれる子たちは抵抗できないんですよ。あんな惨《むご》いことをするなんて……」

考えるだけで息が苦しく、やるせない気分になる……そこでハッと気付いた。

私の顔に彼の影が落ちるほど近くに、シグベルドの顔があった。

至近距離で顔を覗き込むように見つめられて、かあっと顔に熱が昇る。

相変わらず無表情なくせにこの顔面偏差値の高さは凶器に近い。

「……な、なんです？」

どこか装いにおかしなところがあったかと思ったけれど、違ったみたいだ。

「口の傷はもう大丈夫かと思ったが、それほど滑らかに会話ができるなら問題なさそうだな」

……それならそうと言ってくれれば良いのに。

「痛いですよ、もちろん。我慢しているんです」

「どんな状態だ。口を開けて見せてみろ。それとも強引に探られるほうが好みか？」

直後私は完全に真っ赤になった顔で口を噤《つぐ》んだ。

もちろん人前で大口を開けるなんてできるわけがないし、強引に探るという発言でつい邪《よこしま》なことを考えてしまったから。

むぐ、と貝のように判りやすく口を噤《つぐ》んだ私の反応に、ここで彼が低く笑う。

気持ちを沈ませた私の気を散らそうとでもしてくれたのだろうか。

その笑みにざわついたのは私の心だけではない、周囲の人々もそうだ。

「まあ……皇太子殿下があのように。ご寵愛なさっているという噂は本当でしたのね」

「これまで恐れ多くてお近づきになることもできなかったが、あれほど柔らかい一面をお持ちなら今後の統治も期待しても良さそうだ」

私の存在は、少なからず中立派の貴族たちにとってシグベルドの印象を変える役には立ったらしい。

何しろシグベルドの冷酷さ加減ばかりが人々の間で広がりすぎているので、皇帝となった後はどのような恐怖政治が行われるのかと案じている者たちも多いのだ。

でも私とのやりとりで軟化した彼の様子なら、と期待が増してきたらしい。

同時にこんな声もある。

「未来の皇太子夫妻が睦《むつ》まじいのは何よりだが、しかしそうなると他の皇子殿下やその派閥の者は気が気ではないだろうな」

「逆にあまりにもご令嬢へのご寵愛が過ぎて、コンチェスター公爵の傀儡《かいらい》になられても困る。女に溺れて国を傾かせた君主の話はいくらでもあるのだから」

むしろまだまだこんな意見の方が根強い。

無理もない話だ、そんなに簡単にイメージを変えることができたら苦労はしない。

大体妃への態度が柔らかくて意外だった、なんて手段が有効なのはギャップを感じられる今だけのこと。

シグベルドは自分の考えをあまり人には言わないし、弱音も吐かない。

だから何を考えているのか、何をしようとしているのかが理解されにくく、そのうえ見た目の印象もあって敵を作りがちだと思う。

だから彼から逃げないと決めたのなら、こういう部分で彼に代わって皆にその考えを理解してもらえるよう伝え、印象が変わるように努力を重ねていくことが私の役目ではないかと思う。

こういうことを根気強く続けていくことで、シグベルドに負の感情を抱いている人たちの気持ちが少しずつ軟化してくれたら、原作のような最期は避けられるかもしれない。

物語の中のアルベルトがシグベルドを討伐することができたのも、彼自身の努力の他に彼の人柄に信頼を寄せた貴族や国民の後押しがあってこそのことなのだから。

正直嫌がらせは怖い。いつ相手の気が変わって命を狙われるようになるのかと真面目に考えると震えそうになるくらい怖い。以前の私ならやっぱり逃げ出していたと思う。

だけど……今の私は、自分が助かっても将来的にシグベルドに何かあったら、生涯悔やむだろう。

「……殿下、私を抱き寄せてくださいませ。そうしたら、もう少し頑張れますから」

小さな声で囁けば、彼は望み通りに私の腰に手を回し、己の方に引き寄せる。

そのシグベルドの肩に甘えるようにしなだれかかりながら、私は震える足に力を込めて、表向きは穏やかに笑ってみせる。

ほう、と周囲から感嘆の溜息が漏れ聞こえた。

それらは主に貴族夫人やその令嬢たちの間でだ。

「まあ……素敵ね……」

感じ入ったように呟いた、とある伯爵令嬢の純粋な呟きは、嫌なことばかり言う者たちの口を封じさせる効果があったようだ。

ありがとう、ご令嬢。これまでお付き合いはなかったけれど、皇太子妃としての最初のお茶会にお招きさせていただくわね。

私は、睡眠時間も最低限に削り、癖のある奸臣《かんしん》たちを相手取りながら公務を行うシグベルドの努力が報われてほしい。

この世界、女性の地位は男性に比べて低いけれど、家庭で力を持つのはその女性だ。

妻から夫へ、母から子へ、少しでも広がってくれたらと願う。

「お二人の間に何があったかは存じませんけれど、オクタヴィア様がそれほど信頼をお寄せになるのなら、きっと皇太子殿下はそれに見合う人柄をお持ちの方なのでしょうね」

そう言ってとある高位貴族の夫人がにこやかに笑ってくれたとき、我がことのように嬉しかった。

反面、やっぱりまたその喜びに水を差す者もいる。

「今からもう皇后気どりか。所詮は宰相の操り人形にしかすぎぬものを」

「そもそもまだ皇太子が無事に帝位に就けるかどうかも判ったものではない」

ハッと振り返った先に、複数の貴族たちがいた。いずれも反皇太子派と言われる貴族たちで、彼らは私と目が合っても、狼狽えるどころか、ふん、と鼻で笑う。

先ほどの言葉を聞かれても隠しもしないし、悪びれることもない。

……これがこの国の駄目なところだ。

貴族の力が強くなりすぎて、皇族やそれに準ずる立場の人間相手にですらこんな態度を取っても許されると思われているのだから。

結局こういう貴族たちが大きな顔ではびこっているせいで、シグベルドは冷酷無比な皇帝にならなければならなかったのだと思う。

その結果彼は孤独な皇帝となり、そうまでして築き上げた彼の偉業は、後に続く誰かの功績として強引に奪われて、彼の名は冷酷な皇帝として歴史に残るだけになる。

だけど私は、そんな未来を彼に歩ませたくない。

それと同じくらい、彼に非情な判断をさせたくはない。この力が及ぶ限りは。

「今のうちに言うだけ言っていればいいわ。でもその顔と名前はしっかり覚えておきますからね」

誰に言うでもなく一人小さく呟いて、羽根扇で表情を隠しながら私は目をすっと細めた。

するとこれまで横柄に笑っていた貴族たちの何人かが、虚を突かれ、そして気圧《けお》されたようにぎこちない動きで目を逸らす。

小者ね。ふん、と胸を反ったときだ。不意に横合いから声を掛けてくる人物がいた。

「随分と貫禄が出てきましたね。殿下とご一緒にいると、似てくるのでしょうか」

「まあ。マルケス様ったら。でもそう仰っていただけるのは嬉しいですわ、殿下は尊敬すべき方ですもの」

見れば少し前まで後ろに控えていたはずのマルケスが私の隣にいる。

彼は恭しく一礼すると、その手を差し伸べて私に言った。

「せっかくです、もしよろしければ一曲お相手をいただいても?」

「喜んで」

他の貴族ならお断りだけどシグベルドの側近なら断る理由はない。

そんな私たちへ向けるシグベルドは相変わらずの無表情で、私がマルケスの手を取ることも、彼がダンスフロアの中央へと私を導くことも止めようとはしなかった。

だけど。

「ふふ」

「どうなさいました？」

シグベルドの顔を見たとたんに小さな笑い声を漏らした私に、不思議そうにマルケスが問いかける。

互いに向き合い、手を取り合いながら私はなおも口元を綻ばせる。

「だってご覧になりました？　今の殿下の顔。私たちがダンスをするのがとても意外だったみたいで、驚いていらっしゃるわ」

シグベルドの表情は変わらない。

ここにいる殆どの者が、彼が驚いたなんて気付かないだろう。

「……全く判りませんでした。なぜお判りに？」

「お顔を見ればなんとなく？　こう、目がほんの少し開いて口元に力が入りましたでしょう？」

「…………」

もしかしたらマルケスも判らなかったのだろうか。誰よりもシグベルドの側にいる人だから、ほんの僅かな表情の変化でも読み取るだろうと思っていたのだけれど、彼の表情が消えている。

……あら？

私、もしかしてやらかしました？　自分がシグベルドのストーカーもどきですって宣言しちゃったような感じ？

「い、いえ、あの、もしかしたらそうだったらいいなあという願望のせいかもしれません。はい、きっとそうです、恥ずかしいですね、私」

ウフフフと笑って誤魔化す。

シグベルドの側近に変質者扱いをされるのはさすがに避けたい。

そんな下手な努力が実ったのか、マルケスはすぐにその表情に笑みを浮かべた。

もっともそれはだいぶ苦笑に近かったけれども。

「オクタヴィア様は以前と随分様子が変わられましたね。失礼ながら以前のあなたは自ら婚約解消を願い出るほど殿下を避けておいでだったはずですが何か心境の変化でもございましたか？」

「し、心境の変化と申しますか……その、この先の人生をご一緒するなら少しは歩み寄らないと、と思いまして……お恥ずかしいですが、以前の私はまだ子どもだったのですわ」

そうよね、以前シグベルドに送りつけた、婚約解消を願う手紙については彼も知っているわよね。

多分内心呆れただろうな、と思う。

それが一転して今ではちょっとした表情の変化も判ります、なんてストーカー発言をされたら、それはどうしたんだこいつは、と思われても当然だ。

「殿下も歩み寄ってくださっておりますし、私もそれにお応えしたいと思ったのです」

「そうですか。それは喜ばしいお話です。未来の皇帝皇后両陛下が睦まじいのは、我が帝国にとっても朗報と言えるでしょう。誤解されやすい方ですが殿下ほど国のことを考えている皇族は他にいません。どうぞよろしくお願いします」

「もちろん私にできることがあれば、精一杯のことはさせていただきます」

心からそう言えた自分になんだか少し感慨深い気持ちになった。

とにかく婚約解消を、と考えていたときとは雲泥の差だ。

「そう言えばマルケス様は、ご婚約者様は？　ご結婚のご予定はございませんの？」

私としては深い意味があったわけではない。

そう言えばこの人も立派な立場の人だけど婚約者の話は聞いたことがなかったな、と思っただけだったのだけれど、この問いに一瞬だけ彼の顔が引きつったように見えて、しまった、と思う。

失敗した。結婚なんて人によってはデリケートな話をこんなところで軽い話題として持ち出すべきではなかった。

「あの……」

だけど謝罪すればマルケスのプライドを傷つけるかもしれない。

どうしよう、と狼狽える私に彼が笑って見せたのはその直後だ。

「結婚の予定はありません。というよりも、私は既に心を捧げている女性がいるので……その女性以外と家庭を持つつもりはないのです」

「そうですか……」

その女性とは誰ですか、とは言えなかった。だってマルケスは結婚しない、って言ったじゃない。

想い人がいるのに結婚しないというのは、できない事情があるからだ。

これ以上余計なことを言うわけにはいかないと、微笑んで流す私にマルケスも同じく受け流す。

その後マルケスとのダンスを終え、最後にお辞儀をして彼と別れた私の許へ待ち構えていたかのように他の貴族たちが押し寄せてきた。

「次はどうか私と」

「いえ、是非私と御一曲お相手ください！」

さてどう断ろうかと考えていると、私の後ろから伸びた腕に肩を抱かれた。

目の前の貴族たちが途端に顔を強ばらせた直後聞こえたのは、耳からお腹へズシンと響く低い声だ。

「あいにくとこの後は俺と約束がある。遠慮してもらおう」

「は、はい、それはもちろん！　失礼いたしました！」

殆ど叫ぶように謝罪して、押し寄せてきたときよりも素早く貴族たちが逃げ去っていく。

まさしく脱兎《だっと》、という言葉が似合うくらい。

「根性なしが」

「お言葉ですが殿下に睨まれて冷静でいられる人間の方が圧倒的に少ないです。……ところで何のお約束をしていましたっけ？」

後ろを振り返れば相変わらず無表情の、でもどこか不機嫌そうな様子のシグベルドがいる。

さすがにこんな露骨なことをされれば私だって判る。

にんまりと扇の陰で笑ってみせると、彼は抱いた私の肩を押すようにバルコニーへと連れ出した。

そこには既に一組のカップルがいたけれど、皇太子とその婚約者の姿を認めるとやはり慌てて黙礼をして、逃げるように立ち去って行く。

「なんだか追い出してしまったみたいで心苦しいですね」

「向こうが勝手に立ち去って行っただけだ」

相変わらずシグベルドはちょっと不機嫌そう。仕方ないなあと私は告げる。

「マルケス様とは、殿下のお話をしていただけですよ？」

「何も言っていない」

「あら、そうですか」

ふうん、とからかうように疑わしげな声と上目遣いで彼を見上げた一瞬後に、私はその腕に抱きすくめられていた。まるで黙れ、と言わんばかりに顔を彼の胸に押しつけるように。

一見乱暴な扱いにも思えるのに、ちゃんと加減がされていてちっとも痛くない。

「……ふふっ」

「なぜ笑う」

「何でもありません。でも……ふふふっ」

ああ、駄目だ、笑いが止まらない。だってそうでしょう？

最恐のラスボスと思っていた冷酷なはずの皇太子殿下がこんなにやきもち焼きで可愛らしい一面が

あるなんて、意外すぎる上に似合わなさすぎて笑ってしまう。

シグベルドはマルケスに想う女性がいることを知っているのだろうか。

尋ねてみようかと思って止めた。他人のデリケートな問題にはやっぱり口を挟むべきではない。

でも……マルケスにまで嫉妬するなんて、と思うとどうしても笑いがこみ上げてしまう。

「オクタヴィア。今すぐその笑いを止めなければ、口を塞ぐぞ」

「どんなふうに、ですか？」

私は少しだけ彼の胸を押して隙間を作ると、挑発的に笑って顔を上げる。

彼を背後から照らすのは、夜空を彩る月の光だ。

完全な円には少しだけ足りない欠けた月は、彼の黄金の髪を夜目にもキラキラと輝かせてとても綺麗。

暗くても赤い瞳の色が判る。その瞳と同じ色の彼からもらった宝石は、今私の胸元を飾っている。

その瞳に吸い込まれるように見つめ、強く惹きつけられる感覚のまま私は誘われるように、あるいは自らねだるように瞼《まぶた》を閉じた。

「……お前は……」

シグベルドはなんて言おうとしたのだろう。その先の言葉を口にすることはないまま彼の手が私の腰と後頭部を支え、そして唇を塞がれる。

すっかりムードに流されていた私はまったく気付かなかったけれど、バルコニーで口付けを交わす私たちの姿は会場の中から見えていたらしい。

私がその事実を知ったときには、もう目撃者の口を塞ぐこともできないくらいに多くの人の目に触れた後のことだった。

第五章　悪役にも悪役なりの事情があるのです

夏は終わり秋が来て、その秋も終わって私が皇城に入ってから三つ目の季節に入っていた。

もうすぐ今年が終わり、新しい年が間近に迫っている。

帝都では雪は滅多に降らないけれど、気温が零度を下回る日も少なくない。

豪華絢爛《ごうかけんらん》な皇城は、権力の象徴に相応しく神々しい白亜の城だけれど、見た目とは裏腹にもしも帝都が戦火に巻き込まれた場合、三年は籠城が可能だと言われるほど堅牢《けんろう》な城だ。

過去の歴史の中でも幾たびも外敵から人々を守ってきた城であると、昔歴史の時間に習った。

城の大半は硬度の高い石材でできている。

その石材は籠城にはこの上ない効果を発揮するのだが、気温の変化、特に寒さには弱い。

夏は比較的涼しく過ごせるのだけれど、いざ冬となるとどれほど暖炉に火を入れても暖気はすぐに逃げて冷え込むし、築年数も歴史があるからどこからともなく隙間風が侵入してきてとにかく寒いのだ。

元々私は北海道生まれだったので、寒さには慣れている……はずだけど考えてみれば別に雪国生まれだからって特別寒さに強いわけでもなかった。

自室では壁にタペストリーや断熱効果を期待して厚手の布を下げ、隙間を見つければ石膏《せっこう》で埋め、四六時中暖炉に火を入れて温めているのでまだ良いけれど、暖炉のない部屋や廊下に出ると途端に冷え込んで息が白くなり、歯の根が合わなくなる。

それでもファッションにこだわりのある貴族などは薄手のデザイン性の高い衣装を好んで身に纏うようだけれど、その分風邪をこじらせ肺炎になってあわや、という話は良く聞く話だ。

あいにくと私はファッションよりも自分の命の方が大事だし、生活環境を落として震えながら日々を過ごすくらいなら暖かい方を選ぶ。

この日も私は厚手の綿の下着を重ね着して、その上に毛織りのアンダードレス、さらにその上に深い藍色に染めたやはり上等な毛織りのオーバードレスに身を包んでいる。

夏場より着込む枚数が多いので重いしシルエットはいまいちだけれど、おかげで自室にいる分には凍えずに済んでいる。

とはいえ今日はその暖かい服の恩恵にはあまり与《あずか》れなかったのだけれど。

「お疲れ様です、お嬢様。お部屋を暖めておきました、ホットココアも今すぐに用意いたしますね」

「ありがとう。ああ、本当に寒かった」

まだ身体の芯からぶるぶる震えている。

なぜこんなに震えているのかというと、つい先ほどまで別室の衣装部屋でウエディングドレスの仮縫いの確認をしていたからだ。

婚礼は六月と初夏の時期なので、当然ながらドレスはその季節に合わせたものだ。

そのため私は薄い下着姿のまま薄い仮縫いドレスに身を包んでいたのである。実に三時間。

もちろん衣装部屋を暖めてはくれたけれど何しろこの部屋には暖炉がないし、移動式のストーブでは火力に限界がある。暖めたそばから冷えていってしまうので、服飾師たちも手が凍えて大変だっただろう。

「ドレスの仮縫いでこんなに長くかかるなんて思わなかったわ」

私がそう言ってぼやくと、サーラがココアの入ったカップをテーブルに置きながら苦笑する。

「皇太子妃殿下の婚礼衣装ですもの。夜会用のドレスより念入りになるのは仕方ありません」

「それはそうでしょうけれど、ここまで細かいなんて。挙げ句に婚礼の日まで一ミリもサイズを変えるなと言われたのよ。おちおちお茶会もしていられないじゃない」

「ではこのココアもお下げしますか？」

「駄目、待って！　それとこれとは話が別です！」

サーラから庇《かば》うようにカップを手にした私は、すぐにココアに口を付ける。

ちょうど好みの温度に調整されたココアは温かく、ほんのり甘くとても美味しくて、思わずホッと吐息が漏れた。

「今日の予定は他に何があったかしら」

「同じく婚礼に合わせたアクセサリーの調整とのことです。もう一時間ほどで細工師が来る手はずです」

「そう……まあ、ドレスよりはマシね。少なくとも下着姿になる必要はないもの」

もう一口ココアを飲んで、また息を吐く。

婚礼への準備が滞りなく進んでいる現実に、少しだけ感慨深い思いがした。

これまで、私はできる限りのことはしてきたつもりだ。

シグベルドとの関係が変わったことが大きな理由だけれど、夫婦が不仲であるがゆえの暗殺騒動で処刑を迎えないように。そして彼が最恐の皇帝として終わりへの道を歩まないように。

おかげで原作とは大分流れが変わってきていると思う。

やっぱり一番大きいのはアルベルトとの仲が改善されたことにより、彼の協力が得られるようになったこと。

あれから二人は時折顔を合わせては時間を過ごし、意見交換をしているらしい。

先日アルベルトと会ったときには、お礼を言われたくらいだ。

「あなたのおかげで兄上と良い関係が保てそうです。ありがとうございます」

思えばアルベルトもこのままシグベルドと良い関係を保っていれば兄弟間の帝位争いに負けて追い立てられるように逃亡せずに済むかもしれない。

そんなことを考えながら、私はこんな問いをした。それは非常に礼を失したものであるけれど、今のアルベルトならきっと答えてくれると思ったから。

「アルベルト様は、ご自身で帝位をお望みではございませんか？」

ストレートすぎる私の問いに彼は一瞬驚いたように目を丸くし、でもすぐに破顔した。

「誰よりも帝位にふさわしいシグベルド兄上がいるのに私が出しゃばる必要はないでしょう。このまま兄上と、そしてあなたと。お二人の統治により変わるこの帝国を見守りたいと思っています。もちろん、私も末席の皇族としてできることはお手伝いいたします」

……少なくとも今のアルベルトに敵意はない。

原作でも最後の最後までシグベルドに対して敬意を忘れなかった彼だから、この言葉は信じて良いと思う。

安堵して私は微笑んだ。

「シグベルド様は良い弟殿下をお持ちになってお幸せですね」

「ありがとうございます。そしてお優しい皇后を得られることも幸福であると思います」

さすが皇子様、お口が上手い。

「アルベルト様のご結婚はいつ頃を？」

確かヒロインのタチアナとはこの頃から既に婚約していたはず。アルベルトが城を追われ、二人の婚約は一度破談になるけれど、相愛の彼らは諦めることなく想い続け、タチアナはアルベルトのために様々な協力の手を差し伸べた。

問うとアルベルトは少しばかり照れくさそうに笑った。

「お二人の婚礼が終わったあとで相談しようと思っています。今は領地に帰っていますが、来年のシーズンにはタチアナも帝都に戻ってきますので……その際にはどうか仲良くしてやってください」

「はい。帝都にいらっしゃった際は、お茶会にお誘いしますね」

アルベルトは私との関係も良好だ。

春に会えるだろうヒロインとの出会いを楽しみに待とう。

また、私を悩ませた嫌がらせは、シグベルドと共に参加した夜会以降嘘のようにピタリと止まった。

どんなに邪魔をしても意味はありませんよ、と訴える言外のアピールが利いたのか今は静かな日々が続いている。

内心ホッとしながらも、時折思い出して胸の内がざわざわとするのは、結局犯人がまだ判らないままだからだ。

もちろんこの皇太子宮に出入りする侍女や侍従、護衛騎士や文官他可能性のある者は全て調べられた。それでも見つからない。

あれだけ執拗《しつよう》に嫌がらせを繰り返しながら、誰にも見咎《みとが》められず、誰にも疑われない人間なんているかしら。

まるで最初から存在しない人に嫌がらせされていたよう。

誰かに原作を変えたことを責められているような気がしたのはどうしてだろう。

そんなことを思い出しながら、もう一口ココアを飲み込んだときだった。

「……？　随分騒がしいわね？」

「様子を見て参ります」

部屋の外からやけに騒々しい音が聞こえてくる。

どうやら複数の人間がやってきて、私の護衛騎士たちと揉めているようだ。

何か問題が起こったのかと思ったが、それにしても様子がおかしい。

そもそもここは皇太子宮で、誰であろうと足音荒く歩き回るなどあるはずがない。

すぐにサーラが部屋の外へ様子を見に行こうと扉へ近づいた。

すると扉に手を触れる前に外側から勢いよく開かれ、出入り口の前にいた彼女を文字通り突き飛ばして、何人もの男たちがズカズカと踏み荒らすように室内に踏み込んでくる。

「サーラ！」

予想外のことに咄嗟に受け身を取ることもできず、床に倒れ込んだ彼女へ慌てて駆け寄る。

幸い部屋の床は絨毯《じゅうたん》が敷き詰められているので怪我はないようだけれど、なんて手荒なことをしてくれるのだろう。

サーラを庇うように抱え起こしながら、私はキッと無礼な乱入者を睨《にら》み付《つ》けた。

「何事ですか。ここがどこか判った上での狼藉《ろうぜき》なのでしょうね」

男たちはざっと見て十人近くはいるだろうか。

部屋の外で私の護衛騎士たちが対処に迷っているように見えるのはその乱入者たちがみな、皇帝の近衛騎士を証明する制服を身につけているからだろう。

近衛は皇族、ひいては皇帝の騎士。

つまり彼らは皇帝の命令でここにきた、ということになる。

彼らの中から、胸に勲章を着けた男が歩み出てきた。

この男が近衛騎士隊長だろう。

「もちろん存じ上げております。コンチェスター公爵令嬢」

微妙に公爵令嬢という部分を強調するのは、つまりお前はまだ皇族ではないから、それに等しい礼儀は必要ないとでも言いたいのかしら。

確かにそうだとしても私にこの部屋を与えたのはシグベルドだ。彼らの荒々しい行為は皇太子を侮辱したことにもなる。

だけど……その後ろの皇帝の姿を頭に浮かべながら、私はできるだけ毅然と振る舞うよう心がけた。

なんとなくここで無様な姿を晒したら終わりだと、そんな気がした。

「あなたは？」

「近衛騎士隊長を任されております、ディーダ・オットーと申します。あなたの身柄を拘束させていただきます」

その言葉が言い終わらぬうちに、他の近衛騎士たちがぐるりと私の周囲を取り囲む。

「な、なんと無礼な……！」

恐怖と困惑を滲ませた声でサーラが咎めるものの、それが彼らの行動を止めることはない。

「……拘束される理由を教えていただけるのかしら。あいにくと私自身にはまったく心当たりがございません」

その言葉に嘘はない。少なくとも人様に顔向けできないような悪事に荷担した覚えはない。

犯罪なんて大それた真似などできない小心者の元日本人を舐めないでちょうだい。

けれどディーダが告げた言葉は、懸命に張ろうとする私の虚勢を容易く崩すものだった。

「皇太子殿下暗殺未遂事件の容疑者として、皇帝陛下よりあなたの勾留命令が出ております」

「……なんですって……?」

皇太子暗殺未遂？

それって、シグベルドが毒を盛られたということ？

「殿下は……！　シグベルドは無事なのですか!?」

顔色を変え、食い入る勢いで問う私へ向けるディーダの視線は冷ややかだ。

それはまるで「毒を盛った当人が何を白々しいことを」とでも言いたげである。

彼の中で容疑者となった時点で私はもう犯人として見なされているらしい。

「殿下はただ今、典医の治療を受けておられます」

治療中ということは命を落としていないということ。

少しだけホッとした。でもこの先はどうか判らない。シグベルドの容態次第では暗殺事件となる可能性は充分にあるというわけね。

「お嬢様が皇太子殿下に毒を盛るなどあるはずがありません！　一体何を根拠にそのような疑いを掛けるのですか！」

果敢にもサーラが再び食ってかかる。

そこは私も聞きたいわ、いつどこでどんな状況でシグベルドが毒を口にしたのか。なぜその犯人が私だと疑われているのか。

「詳しいお話は別室にてお聞かせいただきます。私どももか弱きご令嬢に手荒なまねはしたくありませんので、どうぞ抵抗なさらず」

周囲を見回した。完全に包囲されていて、とてもではないが逃げられない。

仮に抵抗したとしても、サーラや私の護衛騎士たちが巻き込まれるだけだ。

悔しさと動揺にぎゅっと唇を噛みしめた後で、私は侍女の肩を押すように立ち上がるとディーダの前に歩み出た。

……覚えていなさいよ、無事に解放された暁にはまずあなたの言動について言及させてもらいますからね。あなたのその人を見下した振る舞いは、騎士道精神に沿うものなのかってね。

「お嬢様！」

「サーラ。あなたも他の皆も抵抗はしないで。不要な怪我を負うだけよ」

「ですが……！」

「大丈夫よ、私はそんなことはしていない。きっと何かの誤解だったとすぐにディーダ卿が謝罪してくださるでしょう」

言い換えれば必ず謝罪させてやるからな、という意味でもある。

これから囚《とら》われ、聴取を受ける立場としてはあまり反抗的な言動は不利になるだけだけど、あっちだってまだ疑惑段階でこんな無礼な行いをしてくれたのだから、これくらい許してほしい。

ディーダは私の皮肉に一瞬眉を顰め、けれどすぐに薄く微笑んだ。

「もちろんです。私もそうであることを願います」

……私の中で嫌いな人間リストの中に新たな人名が加わったわ。

公爵令嬢であり皇太子の婚約者という身分と、私が大人しく従ったため手足を拘束されることはなかった。

多分令嬢一人の力では逃亡も不可能だと考えてのことだろう。

わけが判らないまま身柄の拘束を受けた私がある程度の状況を理解できるようになったのは、西の塔にある貴人用の牢獄《ろうごく》に囚われて一方的な聴取を受けたときだ。

要約するとこう。

シグベルドは夕べ私の部屋で就寝し、共に朝食を摂ってから別れ、執務室で政務に当たっていた。

昼を過ぎて近衛騎士団と剣術の訓練を行った後、再び執務室に戻る。

それからしばらくして倒れたのだという。

調べてみるとシグベルドの執務机のデスクの引き出しの中に、気化することで毒性を放つ毒物をたっぷり染みこませたハンカチが忍び入れられていたそうだ。

倒れるまでに時間差があったのは毒が気化する時間だろう。

ではなぜその流れで私が疑われたかというと、そのハンカチに私の紋章が刺繍されていたから。

そして殿下が執務室を留守にしている間に私自身が部屋に出入りする姿を、城の警備兵に目撃されていたから、らしい。

とはいえ警備兵は私に良く似た女性が早足で立ち去る後ろ姿を遠目に見かけた、というのが正しいらしいけれど。

「ハンカチと申しましても、消耗品ですもの。汚れれば捨てますし、私の紋章を真似て刺繍することもできるでしょう。それだけで犯人扱いをされては困ります」

とはいえ持ち物の管理は侍女の仕事だ。

ドレスやアクセサリーは侍女に払い下げることもあるけれど、所有者を証明するコンチェスター公爵家の家紋と薔薇の花が刺繍された持ち物は厳重管理が鉄則で、捨てる際も焼却処分する。

それだけ紋章入りの持ち物の管理は慎重に行わなくてはならない。

何せ個人を証明する物なので、場合によっては今回のように悪事に使われる可能性だってある。

そのため他者が当人の許可なくその紋章を扱うことは重罪とされている。

だけど貴族の持ち物は上等なものばかりだし、使用人などがこっそり持ち出して焼却したと嘘の報告をすることもある。

もちろんこれも犯罪だけど……焼却処分したところをしっかりとこの目で確認していないから、絶対に外に流出していないとは言い切れない。

「私を見たというのも、あくまでも私に似た女性を目撃した、というだけのことでしょう。直接顔を見たと言うのならばともかく、遠目の目撃証言では弱いですわ。それに仮に私自身であったとしても、それが犯行に及んだ証明にはなりません」

そもそもだ。

「大体、気化すると危険な毒物など簡単には扱えないでしょう。殿下が留守の間に仕込んだのだとしても、いつ戻るかも判らない。時間が経って毒性を放つようになったら、一歩室内に入れば刺激や異臭ですぐに気付くはずですし殿下以外の者も巻き込みかねません」

私が知らないだけで無味無臭の薬品もあるのかもしれない。

だけど私だったらそんな無差別なやり方は選ばない。下手すれば自分だって巻き込まれかねないのに。

今回シグベルドは少しずつ気化することで匂いや刺激に慣れてしまって、気付くのが遅れたのかも。

「大体私は、夕べから一歩も部屋の外に出ておりません。体調が芳《かんば》しくなく、静かに過ごしておりましたので」

なぜ体調が良くなかったかというと、夕べのシグベルドがしつこかったからです。

一度では終わらず、二度、三度と……満月の夜は身体の血が騒ぐとか言っていたけれど、あの人前世は狼人間か何かなの？

まともに動けるようになったのは午後を過ぎてしばらくしてからだから、とてもではないが目撃者が見たような、早足で歩けるような状況ではなかった……けど。

「それを証明する者は？　残念ながらあなたの侍女の証言は信用することはできません」

「部屋の外に出ていないことは護衛騎士に確認していただいても判ります」

「その護衛騎士にも口裏を合わせるよう命じている可能性もある。それに皇太子妃の部屋からなら、人目につかずに外に出る手段も恐らくあるでしょう？」

言葉を重ねて判った。このディーダは私が何を言おうと自分の意見を翻すつもりはないのだ。

ディーダ他近衛騎士たちは皇帝の命令で私を拘束している、ということは。

「……そういうこと」

「ご理解いただき助かります」

何がそれほど楽しいのか、この男は私が無実だと判っていて、でも皇帝の命令という大義名分をかざして大罪を被せようとしている。

だけどなぜ？

シグベルドに毒を仕掛けた真犯人の追及を放棄して私を犯人に仕立て上げる理由は何？

自慢ではないけれど私はこれでも公爵令嬢だ。父は宰相であり筆頭公爵でもある。

皇族でさえ一目置く家を敵に回して、どんな利点があるというの。

「……父はこのことを知っているのですか」

「ご存じです。その上で本当に罪を犯してしまったのなら仕方ないと仰っています」

愕然《がくぜん》とした。その言葉を鵜呑《うの》みにしてはいけないと判っているけれど、お父様ならもしかしたら、とそう思ってしまう。

唇を噛みしめた。

絶体絶命といっても良い。

このままだと私、皇太子を暗殺しようとした重罪人に仕立て上げられて処刑されてしまう。

お父様を頼れないとすれば、唯一頼れるのはシグベルドだけだけれど、その当人は今毒に倒れて治療中となると……私を助けられる力のある人はいない。

「お判りいただけましたか？　ではどうぞご自分の行いをお認めください。そうすればできるだけ温情を図っていただけるよう手配しましょう」

「……念のため聞いておくけれど、その温情とはどんなものになるのかしら？」

「皇太子暗殺は重罪です。本来なら帝都の中央広場で公開処刑が正当でしょう。ですが未来の皇太子妃とまで言われたあなたにそれは忍びない。また新たな皇族を宿している可能性も考慮して、一定の時間をおいた後、人知れず楽にゆけるように、ということです」

つまりは私が妊娠していない確証を得てから毒杯を与えてくれるということね。

仮に子を宿していればその子はシグベルドの子。産ませてはくれるでしょうけれど、母を罪人として処刑された子がどんな人生を歩むのかは想像して余りある。

再びぎゅっと唇を閉ざす。知らぬうち握り締めていた両手の指先が、血が通っていないかのように冷たく痺れている。

原作を変えてきたと思っていたのに、これが原作の強制力というものなの？

だったら原作の私ももしかしたら冤罪《えんざい》だった可能性があるわ。

「……私は、何もしていません」

「強情を張らずに。お認めになられた方が楽になれます」

「なんと言われようと、私はそのようなことをしていません。査問にでも裁判でもかけていただいて結構です」

ディーダが小さく舌打ちした。もし私が認めず、査問や裁判に及んだらその記録が残ってしまう。いくら皇帝といえど一度記録に残ったものを握りつぶすのは緩くない。

「オクタヴィア殿。後悔なさいますよ。明日からの取り調べはもっと厳しくなります」

黙って答えないまま背を向ける私に、再びディーダはこれ見よがしな舌打ちをすると、私を牢《ろう》へ戻すように部下に命じて部屋を出て行った。

与えられた貴人用の牢は狭さにさえ目を瞑《つぶ》ればおよそ牢獄とは思えない内装だ。

ベッドもあるし机もある。手洗いはちゃんと個室になっていて、生活する分には問題ない。

食事も水も定期的に与えられる。

ただ、世話役はいない。着替えも身だしなみもその他のことも基本全て自分でやらねばならないから、世話をされることに慣れた者にとってはそれだけで音を上げるだろう。

もっとも私は自分で自分のことはできるので、どうということはないけれど。

辛いのは、情報が足りなさすぎるのと、何もできることがない、ということだ。

明日は拷問でもされるのかしら。

何より……彼は無事なの？　助かるわよね？　皇族だもの、ある程度の毒物には慣れているはず。

大体シグベルドがそんな簡単に命を落とすわけがないから、大丈夫だと思う……けれど、絶対という保証がない。

自分が殺されるかも、ということも恐ろしかったけれど、今は自分のことよりも、彼の命の危険を考える方が怖い。

そのことを考えると泣き出したくなる……ううん、実際にもう涙が出そうだ。

震える両手を擦り合わせるように組み合わせて握り締めた。

「駄目よ、こういうときこそしっかりしないと……」

自分に言い聞かせた。

絶望して諦めるのは簡単だけど、今それをすると本当に助からないかもしれない。

思考を止めてはいけない。情報がないというのなら、手に入れなくては。

幸いディーダのあの様子だと、私にはどうすることもできないと侮っている様子だから、上手く突けばまだまだ教えてくれるかもしれない。

さっきはもう聞いていられなくて帰してしまったけど、明日はもう少しおだてて踏み込んだ話をしなくては。

シグベルドは大丈夫だと信じるしかない。そうでないと心が折れてしまいそうになる。

何が起こっているのだろう。私はどうなるのだろう。

それでも不思議とやっぱり無理をしてでも婚約解消をしていれば良かった、とは思わなかった。

「……絆《ほだ》されちゃったなあ……」

苦笑が零れる。あんなに逃げ出したかったくせに、今は彼が恋しくて仕方がなかった。

その日、私は一人になってもあれこれと考え続けた。

そうやって考えて、考えて、考え込んでいる内に、私は疲れ切っていつの間にか眠ってしまったみたいだ。

かすかな物音にフッと目が覚めたとき、牢に唯一存在する明かり取りの小窓の向こうはすっかりと暗くなっていた。

「……今何時？」

時計はない。確かめようがない。

月の位置を確認したくても、小さな小窓は私の背の届かない位置にあって、仮に椅子を使ったとしても空を見上げることができるほどの余裕はないだろう。

部屋には灯り一つ存在しない。

自分の手元さえはっきり見えないような暗がりは、急速に心を怯えさせる。

今私が入れられている牢は、塔の最上階にある。

聞こえる音は、ここに続く階段を誰かが上がってくる音だと思えた。

それは間違いではなかったらしい。

次第に近づいてくる音がピタッと止まったと思ったら、今度はガチャガチャと鍵を外す音が聞こえて……思わず寝台の端に身を寄せる。

鉄格子の向こうにある扉が、かすかな軋む音と共に開いたのはその直後だった。

扉は木製のものと鉄格子の二重になっていて、二種類の鍵がないと開けられない。

まず目に飛び込んだのは灯りだった。

それそのものは小さなランプの炎だったけれど、暗がりの中でじっとしていた私の目には眩しいくらいに目を刺して、思わず遮るように手をかざしてしまう。

すぐにはその灯りの中にいる人の顔が見えない。

「……誰……⁉」

するとその人は灯りを少し離れたところに置いて光源を遠ざけると、私の許へ歩み寄り……そして、名を呼んだ。

「オクタヴィア」

その声を聞いた瞬間、私はハッと目を見張ると毛布を跳ね飛ばして寝台から降り、慌てて私の前に立ちはだかる鉄格子に飛びつく。

「殿下！　ご無事で⁉」

まだ眩しさにチカチカする目を凝らし瞬きを繰り返せば、やっと見えてきた視界に確かにシグベルドの姿がある。

金色の髪が目立たぬようにと黒いフードを目深に被った彼は、まるで隠密《おんみつ》のようだ。

いや、実際に忍んで来てくれたのだろうか。

「どうして……いえ、お身体はご無事なのですか？　毒で倒れたと、私……！」

「落ち着け。声を潜めろ。確かに倒れはしたが、すぐに目覚めた。身体を慣らしていたこともあるが、元々致死量ではなかったらしい」

「そうなのですか？　……良かった……！」

鉄格子を掴む私の手に、彼の手が重なる。少し冷たいけれど、確かに感じた彼の手の感触と温《ぬく》もりに直後私はボロボロと涙を溢れさせていた。

「泣くな。泣かれても今は鉄格子が邪魔で抱きしめてやれない」

「無理です、泣きますよ……！　というかそんな気の利いたこと言えたんですね……！」

僅かに呆れるような溜息が聞こえたが、私を見るシグベルドの表情はどこか苦笑を含んでいた。

「いいか。時間がない、手短に言う。このままだとお前は近いうち処刑される、皇太子暗殺未遂の犯人として」

「……はい」

「それを命じたのは皇帝だ。お前の父も同意している」

「皇族殺しは大罪です。一家郎党道連れになるのに？」

「それがお前の父は皇帝と取引をしたらしい。お前の身柄を渡す代わりに、全てはお前の独断であり公爵家は無関係であること。変わらず忠誠を示すためにお前の従妹《いとこ》を俺の新たな婚約者として差し出すと」

そんな馬鹿な。そんなことがあるの？

だけどきっと、それを皇帝陛下も認めたんだ。

「……手駒としてしか見られていないと思っていましたけれど……私の価値は思う以上に低いみたいですね」

シグベルドの説明はこうだ。

彼が毒に倒れて目が覚めたときにマルケスから知らされたのは、私が毒物を執務室に仕掛けて彼を殺そうとしたようだ、ということ。

「お前は以前婚約解消を望んでいた。そのことは多くの者が承知している。それが動機だと」

「確かに以前はそうでした。でも今はそんなこと……信じてください、私、本当に……！」

「判っている。大体お前にそんな大それた真似ができるとは思っていない。そもそも考えていることが全部顔に出るお前に、暗殺は不向きだ」

なんでこんなときに私、軽くディスられているの！

でも……シグベルドは私を信じてくれているのね。それだけでも良かった。

「以前よりも明確に、お前の存在を邪魔に感じている者がいるらしい。コンチェスター公爵家ではなく、お前個人を」

「公爵令嬢という立場を取ったら、私はただの小娘でしかありません」

「だが、俺に愛されている」

「えっ」

思いがけない言葉に思わず声が詰まった。大きく目を見開いて彼を見つめれば、私の視線を受けてシグベルドが不本意そうにその眉を顰める。

「なぜそこで意外そうな声を出す」

「だ、だって。そんな言葉、今まで一度も……」

待って待って。一瞬頭の中が真っ白になった。

愛されている？　シグベルドに？　それって本当？

「待ってください、今初めて聞きました」

「今初めて言ったからな」

じいっと見つめると、シグベルドはびっくりするくらい優しい顔で言った。

「愛している、オクタヴィア」

ひどい、こんなときに死亡フラグを立てないでよ。

でも……ボロボロと涙がこぼれ出た。自分でもどうしようもないくらい嬉しかった。

「私も愛しているわ、シグベルド」

初めて彼を面と向かって呼び捨てた。

そのことに気付いたのか、あるいは私の愛の言葉のせいか、彼は二度三度瞬いて、それから口元を柔らかく綻ばせる。

「そうか」

反応としてはそれだけだったけれど、その声は本当に甘く聞こえたから、彼の赤い瞳を見つめながらまた私は泣いてしまった。

ポタポタと落ちる涙の雫が足元に落ちるけれど気にする余裕もない。

彼の手が私の手を握る。鉄格子越しではそれしかできなくて、悔しい。

もっと近くで触れ合いたい気持ちなのに。

「必ずここから出してやるから、下手に抗わず大人しくしていろ。取り調べにも反抗するな、だが罪を認める発言はしてはならない」

「反抗せずに自白は避けろって難易度高すぎです」

「強引な真似はしないように手を回しておく。だが近衛騎士は言葉でお前を弄《ろう》するかもしれない。何を言われても俺以外の言葉は信じるな」

もとよりそのつもりだ。肯くと彼はさらにこう言った。

「お前は俺のものであることを忘れるな、オクタヴィア。たとえお前自身であろうとその心身に害を加えることは許さない」

握られた手の指先に口付けられて、また涙が溢れた。

もう二度と誰かに彼が最恐ラスボスだなんて絶対に言わせない。愛の言葉と今の言葉で、私は頑張れる。

「必ず出してやる。待っていろ」

「はい。お待ちしています」

シグベルドはどうやらこっそりと鍵を手に入れて、単身会いに来てくれたらしい。

もちろんその事実がバレれれば彼自身も面倒なことになる。

もうすぐ見張りの交代時間だからと、彼は去って行ったけれど、体調も万全ではない中、危険を承知で会いに来てくれたことが嬉しかった。

手に残る彼の手の感触と温もりを抱え込むように胸に抱えながら、私は再び寝台に潜り込むと考えた。

誰かが私個人を排除しようとしている。

理由はシグベルドが私を大切にしているから？

それを承知でもし皇帝が命じたのだとしたら、これは明確なシグベルドへの嫌がらせだ。

普段から皇帝が投げ出した仕事をこなしているのは彼だから、もしかすると息子に何らかのコンプレックスがあるのかもしれない。

だけど彼自身の皇太子としての地位を落としたいわけではないというのは、父を抱き込んで従妹を新たな婚約者としようとしていることで判る。

父は実の娘を失うけれど、少なくとも皇太子妃の姻戚として力を振るうことはできるわけだ。

シグベルドの後ろ盾としての立場は変わらないという考えなのかもしれない。

つまり、私の存在だけが入れ替えられるということ？

それに以前の中途半端な嫌がらせの犯人は誰？

もっと他に何か、私がいては困る理由があるはずだ。

何か見落としていることはない？

これまで誰がどんな動機でやったのかという視点で物事を考えていたけれど、そもそも誰があんなことをできたのかという視点で考えたらどうなるだろう。

一つ一つは、使用人や侍従、護衛騎士単独でもできることだ。

だけどあの嫌がらせ全てをできる人間は、本当に限られている。仮にそれを命じたのが皇帝だとしても……実行できた人間は誰？

そして私は一つの答えに辿り着くのだ。それは、これまでにも比較的早い内に考えたことだ。

だけどそんなことはあり得ないだろうと、すぐに候補から外していた。

だけどこうなると……全ての可能性を考えなくてはならない。

それは決して、愉快な答えではなかったけれど。


真犯人が捕まったという情報が私の耳に届いたのはその数日後だった。

何でも目撃者が見た人物が私とは別人であったことが証明され、また事件当日は私の主張通り部屋を一歩も出ていないことが明らかとなったのだ。

何より毒を仕込んだ真犯人が発見されたというのが一番大きい。

犯人は私の姿を真似た侍女だったようで、その侍女は罪が露見した直後に自害したそうだ。

遺書にはシグベルドの寵愛を受けている私が妬ましかった、と動機が綴《つづ》られていたらしい。

もちろん、そんな話を誰が信じるというの。

きっとシグベルドが予想より早く回復し、私を解放するように働きかけたから、トカゲの尻尾切りみたいに侍女を生け贄にしたのだろう。

ということは本当の犯人はまだ捕まっていないから、また同じことが繰り返されるのかもしれない。

でもそれは相手にとってもリスクがある行動のはずだ。

それでもまだ狙ってくるのか、それとも諦めてくれるのか……ガチャリと開かれた牢の扉のむこう、ようやく釈放のための迎えが来たらしい。

「お待たせして申し訳ございません、オクタヴィア様。殿下のご命令で、あなた様をお迎えに参りました」

扉の向こうにいたのはマルケスだった。

その後ろには見覚えのある護衛騎士が数名続いている。

彼は懐から鍵を取り出すと扉の内側にある鉄格子の錠を開け、その扉も開いた。

数日ぶりに外へと続く出入り口を開放されて、私はゆっくりとその扉をくぐる。

と、マルケスが足元に跪いた。

「このたびはお辛い思いをさせてしまい、誠に申し訳ございません。あなた様の名誉は回復されました、どうかご安心ください」

解放されて良かったと喜ぶ気には、今はなれなかった。

「……殿下はどちらに？」

「皇太子宮であなた様のご到着をお待ちになっておられます」

にっこりと微笑むマルケスの笑みに肯いて、私は歩き出した。

生活に不自由はなかったとはいえ、一週間以上閉じ込められてろくに歩いていなかった私の足は、階段を降りるだけで息が上がってしまう。

それでも塔を降りて外へ出たときに感じた解放感は大きく、深く外の空気を吸い込んだ。

今が夜であるのが残念だ。昼間だったら青空を見上げてもっと深い解放感に浸れただろうに。

塔から外に出ると、マルケスが先導するように歩き出す。

普段から罪人が閉じ込められるこの塔の辺りには誰も近づかないし、外の景色を眺めることも叶わず場所の把握ができなかった私は、ランプを持つ彼の背を見失ったらきっと迷子になってしまうだろう。

「ここまで馬車を着けることはできませんので、この先で待たせてあります。申し訳ありませんが、少しだけ我慢してください」

「ええ……あなたも大変ね、マルケス。ねえ、一つお願いがあるのだけれど」

「何でしょう?」

不思議そうな顔をして彼が振り返った。その彼に、私は精一杯余裕を保った笑顔で微笑む。

内心はドキドキと激しく打ち鳴らす心臓が口から飛び出してしまいそうになるのを堪えながら。

「あなたが私を排除する理由を教えてほしくて」

その瞬間、マルケスと、私の周囲を護衛していたはずの騎士たちの空気が変わったのを肌で感じた。

よく殺気とか気配とか小説の中で描写されるけれど、それが具体的にどんなものであるのかを私は知らなかった。

ただ、なんとなくそういうものなのかと字面が生み出すイメージを漠然と想像していただけで。

でも、今は判る。肌を薄く小さなナイフで切りつけられるようなピリピリした感じ。

背筋がゾッとして、足元が震え、全身が硬直するような本能的な恐怖を抱く今の空気が、多分殺気なんだろうなって。

「……何を仰います？　あなたを排除するなど、そのようなことをするはずが」

「殺す、と言い直した方が良いかしら？」

「……」

「ねえ、マルケス。私これでも考えたのよ、幸い塔の中で考える時間だけはたっぷりあったから」

見え透いた言い訳をしようとする彼の口を塞ぐように私は自分の言葉を被せた。

本音を言えば今すぐ逃げ出したいけれど、きっと無駄だろう。

元々私の貧弱な足では鍛えた男たちから逃げられないだろうし、却って苦しい思いをするだけだ。

本当ならこんな挑発するようなことは言わずに従順に従うフリをして時間稼ぎをするべきだろうけれど、今のまま大人しくついていけば多分私はあと数十メートルも歩いたら殺される。

黙っていても殺されるなら今、聞くべきことは聞いてしまいたい。

「毒はシグベルドの執務机の引き出しの中に仕込んであったという話でしょう？　でもそあの部屋に入ることのできる人間ってとても限られていると思うのよ」

シグベルドは幾度も暗殺されそうになってきた過去から、とても用心深い。

私室はもちろん、書斎に出入りすることを許されているのはごく限られた人物で、まして執務室なんて彼の本拠地とも言える場所だ。無防備に誰でも入れるわけではない。

「侍女が毒を仕込んだと言うことになっているようだけれど……その侍女ってそもそも執務室に入ることができたの？」

「……実際に、侍女が出てきた姿が目撃されています」

反論するマルケスに私は緩く首を横に振る。

「いいえ。正確には目撃されていたのは、殿下の執務室の付近から立ち去る、私に似せた侍女の後ろ姿、よ」

「……」

「そもそも部屋から出てきた姿が目撃されていたのだとしたら、入る姿も見られていないとおかしいわよね？　あの部屋には見張りだっているのに。それなのに『付近から立ち去った』という情報しかないのって、結局侍女は部屋に出入りできなかったってことじゃない？」

執務室に入ることができなければ毒を仕掛けることはできない。

そもそも見慣れない者が出入りすれば必ず誰かの目に触れる。

「唯一、疑われずに出入りできる人って、あなたくらいしかいないでしょう」

「これはこれは……オクタヴィア様は想像力が豊かでいらっしゃる。ですが」

「大体、毒で倒れたシグベルドを発見したのは誰？」

「……私です」

「そうよね。殿下の許可なく部屋に入ることが許されている人物もあなたしかいない」

「私が発見したということがなんだというのです。何もおかしなことではないでしょう?」

ほんの僅か、マルケスの声に苛立ちが含まれる。あらぬ疑いを掛けられて苛立っているというようにも考えられるけれど、私には少なからず図星を突かれているからこその苛立ちに感じた。

「ええ、おかしなことではない。でも……あなたは随分運が良かったのね」

「何を……」

「部屋の中には気化すると毒性を放つ毒物が仕掛けられていた。当然常に殿下と行動を共にするあなただって、犠牲になる可能性は高かった。なのに被害に遭ったのはシグベルド一人。いつも多くの時間をシグベルドと共に行動しているのに、あなたはどうしてそのときは彼を先に一人執務室に帰したの? 彼に充分毒が回る時間と、空中に漂った毒が無害になる時間を知っていたみたい」

マルケスが無言になった。私へと向ける視線が厳しくなる。

そんな彼に私は内心震え上がる恐怖を抑え込みながら微笑み続け……そして、言い切った。

「そしてもう一つ。どうしてあなたと一緒に迎えに来たはずの護衛騎士が、私の後ろで剣の柄に手を掛けているのかしら」

そのとき私の耳にはっきりとした金属音が聞こえた。剣を鞘から抜き放つ音だ。

たった一人の女を取り囲んで三人の騎士たちが剣を抜き、こちらへと向けているなんて明らかに普通じゃない。

さっと周囲に視線を配った私はもう笑ってはいない。

そして目の前のマルケスも笑っていない。

「そもそも、シグベルドが皇太子宮で待っているということ自体おかしいのよ。彼なら必ず、自分で私を迎えに来る。時間帯もおかしい。こんな夜更けに釈放なんて、まるで宵闇に紛れて私を始末しようとでもしているみたい」

本当ならきっと、私の釈放は朝だったはず。シグベルドは翌朝に迎えに来てくれる手はずになっていたのだろうと思う。

私を始末するなら彼の迎えが来る前……今しかない、ってことよね。

「以前私に嫌がらせをしていたのもあなたね？」

理由は唯一つ。それができる人間がシグベルドか、マルケスの二人しかいないから。

他に強いていうならサーラだろうか。でもサーラには私に嫌がらせをする理由がないし、彼女がそんなことをするはずがないと断言できる。

それでももしサーラが犯人だったのなら、それはもう私自身の監督責任だと思っている。

あとは消去法だ。シグベルドも私にそんなことをするはずがない、じゃあ残りは、って。

「……驚きました。世間知らずなご令嬢だと思っていたのに」

とうとうマルケスは認めるように微笑んだ。その笑みは日頃の彼が見せる気さくなものではなく、盛大な皮肉が込められているのが判る。

「その世間知らずなご令嬢に、教えてくださらない？　少しくらい時間はあるのでしょう、自分がなぜ殺されるのかも判らないまま死ぬのはさすがに未練が残るわ」

心臓が、破裂しそう。

怖くて、スカートの内側で両足が小刻みに震えている。

今が夜で良かった。マルケスや騎士たちが持つランプの明かりでは光源が小さくて、私の虚勢までは見えないだろうから。

……そう、私は塔に囚われたときからずっと考えていた。

思考を止めたら終わりだと思ったから眠るとき以外は……ううん、多分寝ているときも考えを止めなかった。

考えて、考えて……そもそもじゃあ誰が毒を仕掛けられたのかしらって思ったとき、心当たりはマルケスしかいなかった。

だけどいくら考えても判らないのはその動機だ。彼にとって私を排除したところで何の得もないはず。皇帝に命じられたという可能性もあるけれど、あの皇帝がそんな根回しを事前にするかしら。

今回の毒殺事件で出張ってきたのもシグベルトへの嫌がらせのために便乗した、って印象が強い。なら、マルケスには他に動機があるのだろう。それが何なのかは、やっぱり判らないけれど。

「……オクタヴィア様。あなたは随分変わられた」

「そうかしら」

「ええ。まるで人が変わったみたいに……いいえ、実際に変わったのかもしれませんね。あなたは誰ですか？」

　問われて今度沈黙するのは私の方だ。そんな私を見据えるようにマルケスが尋ねてくる。

「いつからかあなたは変わった。まるでここが小説に良く似た世界であり、ご自分の未来を知っていて、その未来を変えようとするかのように」

　ドクドクと激しく脈打っていた鼓動が、さらにひときわ強く脈打つ、痛いくらいに。

　小説に良く似た世界。

　なぜ彼がそんな発言をするの？

　答えは一つしかない……彼は私と同じ、原作を知る現代日本人の前世を持つか、あるいは転移してきた者ではないだろうかと。

「あなたが変わったのは誕生日パーティがきっかけでしたか？　その頃に前世の記憶でも蘇ったのでしょうか」

　マルケスは笑う。皮肉気に、どこか開き直った笑みで。

「元々あなたは殿下を恐れていましたが、その怯えはより一層強くなった。それはそうですよね、このまま行けば自分が処刑されるって判っていたんですから、私があなたの立場でも自分の未来を変えようとする」

　婚約解消を希望して領地へ逃げ込んだことも、それが無理だと理解するとシグベルドの評価や環境を変えようとしたことも、どうやらマルケスは全て把握しているらしい。

「だけど、殿下には小説の通りに冷酷な皇帝となり、弟皇子と対立して、そして滅んでもらわなければなりません。皇后と心を通わせ、愛を知り、牙を抜かれるようではいけません。原作と変えられては困るのです」

「……なぜ？」

「元の世界に帰るためです」

その一言が、やはりマルケスが私と同じ立場の人間であることを教えている。

きっと彼も原作を楽しむ愛読者だったんだろう。そうでなければ原作の内容を細かいところまでしっかり覚えているはずがない。

「もちろん、こんな手段を選ぶ前に探しました。けれどどこを調べても見つけられず……ならば考えられる可能性は、ここに来たときのように死ぬか、あるいはここが小説の世界ならそのエンディングを迎えるかだと思いました」

だけど死ぬとなると一《いち》か八《ばち》かの賭けになる。失敗すれば取り返しがつかない可能性が高い。

それならば、まずは原作どおりの物語の終わりをなぞろうと考えたらしい。

そうまでしてマルケスは元の世界に戻りたいと願う理由は、やっぱり。

「誰か、大切な人がいたの？」

「……妻と、生まれたばかりの娘がいました」

彼は言う、仕事帰りに信号待ちをしていたところに車が突っ込んできたのだと。

それから先のことは記憶になく、気がついたらこの世界のマルケスになっていたのだと。それを自覚したのは、今から三年程前のことなのだ、とも。

そうか。以前彼が想う女性がいるから結婚しないと言っていたのは、元の世界に愛する妻がいるからか。遠く異世界に飛ばされても、妻に操立てする彼は本来とても誠実な人なのだろう。

その結果彼がどうすれば元の世界に帰れるのかと考えて導き出した可能性が、原作の通りに物語を終わらせれば悪い夢から醒《さ》めるかもしれない、と考えたのだとしたら無理もない。

「……もしかしてガルシアを裏切らせて殿下を襲わせたのもあなた？　これまでも原作通りに進むよう、根回しをしていたの？」

「そうです。今の殿下も厳しい方ではあるが、まだ甘さが抜けていない。信じていた者に裏切られて、絶望して、そうして原作のように誰にも心を許さぬ皇帝になってもらわねば。そう、自分の妻ですら容赦なく処刑するくらいに」

それなのに私が記憶を取り戻してこれまでとは違う行動を取るようになった。

最初マルケスは、それが原作に沿った行動なのかどうか判断ができなかっただろう。だって原作にはそこまで詳しく私のことが書いてあったわけではないから。

だから最初は多分傍観していたのだと思う。彼が明らかに原作と違うと認識したのは、シグベルドが私を自分の宮《みや》に囲い、皇太子妃の部屋を与えて寵愛しだした頃ではないだろうか。

そして多分その頃に危機感を抱いたのだろう。このままでは原作と違った未来になってしまうかもしれない、と。

「でもだからって、私を排除したらそれはそれで原作とは違う展開になるのではないの？」

「いいえ。原作ではただ皇后はコンチェスター公爵令嬢である、という描写があっただけです」

確かに原作で皇后の名は出ていなかった。

私がシグベルドと婚約していたことと、コンチェスター公爵令嬢は私一人しかいないからそう思い込んだけれど……名が出ていなければ、例えばお父様が身内を養女としてシグベルドに嫁がせたとしたらどうだろう。

「嫌がらせにあなたが怯えて、再び殿下との間に距離ができてくれればと思いました。でもそうはならなかった」

あの中途半端な嫌がらせは、怯えた私がやっぱり無理だとシグベルドを拒絶することがねらいだったらしい。そうすれば原作どおりにまた冷えた関係に戻るかもしれない、と。

でもそうはならなかった。だから舵を切り直したということ？

「あなたという存在を失えば、殿下はまた元の殿下に戻ってくれるでしょう。あなたに手酷《てひど》く裏切られたと思わせることができればより一層原作に近くなる。原作にありましたよね、シグベルドは信じていた人物に裏切られてその心を閉ざしたと」

確かにあった。私はそれを護衛騎士隊長のことかと思っていたけれど、そうか。そういうふうに私に繋げてくるつもりなのね。

それは確信というより、そうであってほしいという願いのように聞こえた。

そこにはなんとしても妻子の許に戻る、そのためにはどんな手段も厭わないと言わんばかりの強い意思が感じられて、何とも言えない気分にさせられる。

同情、というと怒られるかもしれないけれど……マルケスの境遇には同情する。

でも、だからって私が強制退場させられるのを大人しく受け入れることはできない。私にとってここは夢ではなく、もう現実なのだから。

「あなたに恨みはありません、オクタヴィア様。ですが……ずっと夢に見るのです。元の世界で事故に遭い、眠り続ける私の枕元で妻が泣く姿が……すすり泣く声が聞こえるんです」

事故に遭った後のことなのに、まるで実際に見て、側でその声を聞いているみたいに鮮明な夢なのだとマルケスは言う。

「家族が待っているのです、だから私はなんとしても、誰を犠牲にしても帰らなくてはならない。あなたなら私が帰りたいと願う気持ちが判るでしょう？」

マルケスは帰りたいという。だけど私はどうだろう。

薄情なようだけれど、元々それほど元の世界に未練がないせいか、あっさりと前世の自分は死んだと割り切り、この世界で生きていくことを考えていたから、帰りたいと思うことはなかった。

私とマルケスが違うのは、死を受け入れたかどうか、ではないだろうか。

それにそれほどリアルな夢を見るのならば……

「……もしかしたら、元の世界のあなたはまだ生きているのかもしれないわね。その夢の通り、奥さんとお子さんが待っているのかも……」

だとしたら彼は生まれ変わりというよりは、転移ということになるのかしら。

私の指摘にマルケスはその顔を歪ませる。苦しみと悲しみを兼ね合わせた表情で。

「そう思われるのでしたら、どうか私のために死んでください」

マルケスの片手が上がった。それに合わせて騎士たちがにじり寄り始める。

多分私なんて一撃で殺されてしまうんだろうなあ。

「……私は、死にたくないわ」

頭の中にシグベルドの顔が浮かんだ。ここで私が死んだら、彼は悲しんでくれるだろうか。それとも怒るだろうか。私は愛していると言ってくれた人を、一人残してしまうのだろうか。

「だとしても、申し訳ありません。私のことは恨んでくださって構いません」

恨んだって、死んでしまったらどうしようもないじゃない。

マルケスは愛する妻子に会いたいという一心で私を排除しようとしているけれど……私だってこの世界に愛する人がいる。

こんなところで諦めるわけにはいかない。たとえ無理でも抗わなければと、強ばった足になんとか力を込めて駆け出そうとしたけれど、それは叶わなかった。

死を間近に感じて、自覚していた以上に恐怖に萎縮した私の両足は強引に踏み出した直後に力を失い、ガクッともつれるようにして倒れ込んでしまったのだ。

「っ……！」

受け身をとることもできずに地面にまともに転がって、うめき声が出そうになる。

どうにか立ち上がろうと土を掻きながら両手で身体を支え起こそうとするけれど、その両腕もガクガクと震えて、とてもではないけれど言うことをきいてくれそうにない。

「……動いて……っ……！　動いてよ……！」

小さな声で呟きながら、地面を這いずるように手足を動かす私を見下ろすマルケスの目には、明らかに同情と罪悪感が滲んでいて、彼が元々人を騙して嵌めることをよしとする人物ではないことを教えてきた。

だけど、私を助けてはくれない。

「やれ。できるなら苦しませずにひと思いに済ませろ」

彼の言葉に背後の騎士の一人が無様に地面に這いつくばる私の許へ近づいてくる。

手にした剣が高く掲げられ、容赦なく背を刺し貫く未来を想像して、私の口からこぼれ出たのは助けを求める声でも、命乞いでもなく、ただ恋しい人の名だけだった。

「……シグベルド……シグベルド、シグベルド…………！」

マルケスの瞳が揺らぐ。騎士の手が一瞬躊躇う。

その直後だ。周囲から幾本もの矢が飛来して、マルケスや騎士たちを襲ったのは。

ドスドスと矢が人の身体を貫く独特の音と、うめき声や悲鳴がその場で上がり、周囲が途端に喧噪《けんそう》に包まれる。

何があったのかすぐには理解できず、咄嗟に己の身を守るようにその場で丸くなった私の身体が誰かに引っ張られ、浮き上がるまでにどれほどの時間が必要だっただろう。

固く目を閉じていた私の耳に、低い男性の声が響いた。

「オクタヴィア」

その声を聞いた途端、私の虚勢が剥《は》がれ落《お》ちて一気に涙がボロボロと溢れ出た。目を開けて相手が誰かを確かめるまでもなく、夢中で両手を伸ばすとしがみ付く。

「シグ……シグ、ベルド……っ！」

うえっ、と情けない嗚咽が漏れた。マルケスに問い質す際には必死に堪えていたけれど、本当はすごく怖くて仕方なかった。

今や私の全身はガタガタと震えていて、その震えを誤魔化すことなんてできそうにない。

……きっと来てくれるはずだと思っていた。だって私が考えて辿り着く可能性に、彼が気付かないはずがない。

私の無実が証明されたのならすぐに迎えに来てくれれば良いのにそうしなかったのは、あえて泳がせるためだと思った。

マルケスだって判っていたと思う。

でも彼は、それを承知していても今しか動けるタイミングがなかった。

それを証明するように、私がやっとの思いで涙を拭ってそちらを見れば、シグベルドと共に場の制圧にかかった騎士たちに囚われたマルケスはどこか無念さを滲ませつつも、同時に私を殺さずに済んだことにホッとしているような顔をしている。

「申し開きはあるか、マルケス」

きっとシグベルドは今までの会話を聞いていたはず。

そしてマルケスもそれを承知しているはず。

二人の間に何とも言えない空気が漂う。

たとえ原作通りにシグベルドが破滅する未来へ導こうとしていたとしても、もっとも近い場所で支え合っていたのは確かだから。

シグベルドの問いにマルケスは笑った。見ていると私の方が泣いてしまいそうな笑顔で。

「……いいえ。何もありません、殿下」

それが二人の交わした最後の言葉だった。

罪人として囚われたマルケスが、皇太子、並びに公爵令嬢暗殺未遂犯として処刑されたのは、この三日後のことである。

彼なりの理由があったとはいえ、マルケスのしたことは許されることではない。

自分の目的のためにガルシア騎士隊長を唆して断頭台へ送り、罪のない侍女を犠牲にしてシグベルドを傷つけ、そしてその信頼を裏切った。そしてその行いによりマルケスの実家や親族も軽くない罰を受けている。

だけど……同じ元日本人として、思わずにはいられない。

そうまでしても家族の許に戻りたかった彼は、その後無事に妻子の待つ世界で目覚めることができただろうか、と。

その翌年の初夏。

帝都中に祝福の鐘が鳴り響いていた。

城下では新たな皇帝と皇后の誕生に数日にわたって祭りが開かれ、この先迎える治世がより良いものであることを祈願する。

それまでは厳しい噂話《うわさばなし》ばかりが先行していたけれど、新妻を深く寵愛する若き皇帝の噂は良い意味で広がって、人々の期待へと繋がっているようだ。

そのような祝福の中、純白の花嫁衣装に身を包みながら、私は隣に立つ人の腕に寄り添っていた。

誰に話しかけられても素っ気ない返答をするシグベルトは怒っているようにも見えるが、私を導くように開かれた扉の向こうへ歩き出す横顔は、言葉で言うほど怒っているようには見えない。

素直じゃないなと苦笑しながら、私はそれきり口を閉ざすと厳かな雰囲気漂う式場へ彼と共に歩み出した。

……バージンロードを歩き祭壇へ向かう、という結婚式の形式はこの帝国には存在しない。

私の希望をシグベルドが汲んでくれた格好だ。

本当なら花婿は祭壇前で先に待ち、花嫁は父に手を引かれて彼の許へ向かう、というのが理想ではあったのだけれど……今の私は父とほぼ断絶している。

今日この日、参列することも私は許さなかった。

お父様は家のために仕方なかっただけなのなんだのと言い訳をしていたけれど、親に見捨てられた恨みはそう簡単には忘れてやらない。

この婚礼の日をもって、お父様は宰相の地位から退くことになっている。これも、私が望んだから。

同じくこの日をもって位を退くのは皇帝も同じだ。

あの事件の後、シグベルドはあらゆる手段を使って皇帝を糾弾し、自分への譲位を認めさせてその座から皇帝を引きずり下ろした。

元々こうなる以前から、可能な限り穏便に父親から帝位を奪い取る準備を密かに進めていたようだったが、今回の私への冤罪はシグベルドの逆鱗《げきりん》に触れ、その予定に大いに拍車を掛けたらしい。

あれから次々に皇帝派に属する貴族たちが失脚しその立場を追われ、皇帝もまた国家最高権力者とは思えないほどあっけなく息子の前に膝を屈することとなった。

そもそもここ数年まともに政務に関わっていなかった皇帝は、この帝国内がどのような状況であり、シグベルドがどのように力を付けていたのかも把握していなかったのだ。

また私に無礼を働いたあの近衛騎士隊長も、しっかりと降格処分にしている。

こちらもあれこれと言い訳をしていたし、皇帝の命令だったから仕方なかったと訴えていたけれど、私への無礼は自身の判断でしょうよ。騎士の風上にも置けないわ。

もちろんそうなるまでには相応に揉めたけれど、半年という短い期間で実現したのは思う以上に彼の味方が多かったためでもある。

その中でもより積極的にシグベルドに協力してくれたのはアルベルトだ。

穏やかな好青年系主人公であるはずの彼は、割とえげつない手段で他の兄皇子たちを引き摺り降ろし、長兄に帝位への道の露払いをしたのだから恐ろしい。

もちろんもっとも鮮やかな手腕で帝位を奪い取ったのは、今私の隣にいる人だけど。

そのシグベルドにはマルケスとのやりとりの直後、全てを打ち明けている。

前世の記憶だなんて荒唐無稽な話だと思われても仕方ないはずなのに、彼は意外なほどあっさりと、納得してくれた。

一度だけ尋ねた。

「私は、あなたのそばにいてもいいですか？」

と。それに対しての彼の返答は、

「当たり前だ」

の一言だけ。でもその一言で私は彼が望んでくれるならば、この先もずっと彼の許にいようと心に決めた。

そしてこの日、私たちは祭壇の前で誓いを立て、その誓いの言葉を封じるようにシグベルドの唇が私の唇に重なる。

本来触れるだけで良いのに、二度三度と角度を変えて重ねられ、さらには深いものに変化するキスに私が目を白黒させるのと、大司教のわざとらしい咳払い、そして周囲からどよめきが重なるのはほぼ同時だった。

やっと解放されて彼を睨めば、シグベルドが口の端を僅かに吊り上げている。

悔しくなって今度はこちらの方から口付けると再び周囲がざわつき、それがやがて歓声に変わる。

その声を聞きながら私たちは間近で見つめ合い、笑い合い、そして夫婦になったのだった。

その賑《にぎ》やかな人々の声や軽やかな音楽の音は、夜も更けて私たちが内宮《ないくう》へと引っ込んでも窓の外からかすかに聞こえてくる。

純粋に祝う者、あるいは形だけ振る舞う者、内心では焦りや不満を感じている者など様々だろうけれど、と思いながら私は浴槽に沈めていた身体を上げた。

「それでは良い夜をお過ごしください」

入念に肌を磨き、手入れをして、私にナイトドレスとガウンを着せかけてくれたサーラはそう言って、他の侍女たちと静かに退室していく。

彼女たちと入れ替わるように夫婦の寝室にやってきたのは、今日夫になったばかりの人だ。

彼もまた入浴を済ませた後のようで、少しだけ髪が湿っている。

軽く羽織った寝間着とガウンの合間から覗く、生々しい肌色の胸板が妙に色っぽく見えて、ただでさえこれからのことを意識せざるを得ない私はぎこちなく視線を逸らしながら、彼へカーテシーをして見せた。

「お疲れではございませんか、陛下。軽く軽食もご用意しておりますが」

「いらん。それよりも二人のときに敬称で呼ぶのは止めろ」

「そんな、陛下の御名《ぎょめい》を気軽にお呼びするなんて」

「何を言っている。それとも俺もお前を皇后と呼べば良いのか？」

確かに公的な場ではともかく二人のときにそれで呼ばれるのはちょっと嫌だと思った私はあっさりと引き下がると彼の名を呼んだ。

「シグベルド」

「何だ」

「ふふ」

呼んでみたかっただけ、なんてベタなことを素で考えてしまう自分が気恥ずかしくてつい笑ってしまった。

昔少女漫画で、こんなやりとりをしながら照れ合うシーンを見て内心、なんてバカップルと思っていたけど、実際に自分がやってしまう日が来るとは思わなかったわ。

そんな私をシグベルドは呆れたように見つめ、直後おもむろに両腕で抱き上げてくると、そのままあっという間に寝台へ運ばれてしまう。

「い、いきなりですか」

押し倒すように組み敷かれて目を白黒する私に彼は「いまさらだろう」と涼しげな顔だ。

確かに既に何度も数え切れないくらい肌を重ねていたけれど、実は最後に抱かれたのはもう半年以上も前のこと。

マルケスのことがあって以降何かと慌ただしかったのと、お互いになんとなくそんな雰囲気になれなかったから。

今夜はしばらくぶりに二人で過ごす夜、それも夫婦となって初めて迎える夜なのだ。

「ちょっとくらい、会話をしましょうよ。ほら、雰囲気作りとか……」

「どんな会話をしろと?」

「マルケスさん、無事に帰れているといいんですけど。……きっと帰っていますよね?」

「知らん。確かめようがないし、いまさら奴がどうであろうと関係ない」

「……まだ怒っていますか？」

マルケスの裏切りは、当然ながら相当な損失だったはずだ。

ただシグベルドも薄々と感じるものはあったらしい。

「あいつが俺とは違う場所を見ていることは気付いていた。いつかはこうなる日がくるかもしれないとは思っていたから、別段腹も立たないし、ショックも受けていない。……ただ、惜しいと思っているだけだ。もちろんお前に手を出したことは許せないが」

シグベルドは、マルケスが何か思い詰めていることを知っていて幾度となく探りを入れていたけれど、結局彼は何も言わずにあのような暴挙に出た。

マルケスが何を企んでいたとしても、幼い少年時代からシグベルドを側で支え続けていたのは間違いなく彼の功績だ。二人の間にそれ相応の絆《きずな》があったとしても不思議はない。

たとえそれが原作に沿うよう動いた結果だとしても、マルケスもシグベルトには何らかの情を抱いていたはず。

だからこそ、あんなに悲しげな顔をしていたのではないかと思う。

その印象が強いから、私は彼を悪く思うことができない。

マルケスの罪は大きすぎて処刑を避けることはできず、彼を罪人として死なせてしまうことになったけれど……せめて今は元の世界に帰り、妻子と無事に再会できていますように、と願っている。

そうでなければシグベルドも可哀想だ。マルケスの処刑を命じてからしばらくの間はシグベルドも随分ピリピリしていて、私以外の人を側に寄せ付けようとしなかった。

その雰囲気が和らいできたのは、最近のことなのだ。

「オクタヴィア。……お前は消えようとするなよ」

「もちろんです。こうなったら、一生おそばにいます」

私はもうシグベルドから離れようとは思わない。たとえこの先が茨《いばら》の道でも、愛しい人と歩んでいくと決めたのだ。

晴れやかな迷いのない笑顔で答える私にシグベルドは何とも言えない表情で微笑んだ。

そして……唇が重なってくる。

今度は私ももう彼を止めたりはしない。

自ら口を開き、舌を差し出して積極的に口内に彼の舌を迎え入れながら、その肩を擦るように抱きしめれば、彼は片手で逃げぬように私の腰を捕らえ、もう片方の手で正面から私の乳房を鷲掴みにしてくる。

「ん……」

初夜の情事を想定したナイトドレスは、彼の手の動きを阻害することはなかった。

むしろ胸を揉みながら胸元のリボン一つを解かれれば容易く前身頃が緩んで、しなやかなシルクのそれはあっけないほど簡単におへその下まで露わにしてしまう。

露わになった胸の先は、もうその頂点で赤く充血し、ピンと尖っていた。

「いやらしい素直な身体だ」

低く笑う彼を少しだけ睨む。といっても目元を真っ赤に染めた顔では迫力はないだろうけれど。

「……誰がそう教えたんですか」

「そうだな。俺が躾《しつ》けた」

躾けた、なんてちょっとどうかと思うけれど、事実その通りだ。

初めての夜から彼に何度も抱かれて女の悦《よろこ》びを教え込まれた私の身体は、彼の望むように、そして好むように躾けられている。

「こっちはどうだ。足を開け」

むき出しの腹を滑って、へその下を擽り、私の足元からあっさりとナイトドレスを抜き取ってしまったシグベルドの手に太腿を撫でられた。

ぎゅっと閉じた両足の奥が既にどうなっているかなんて自分で一番よく判っている。

「や、やだ……」

「オクタヴィア」

「……」

ふるふると涙目で首を横に振った。そこを曝《さら》け出すのは、何度抱かれてもまだ恥ずかしい。

するとシグベルドはまた低く笑い、おもむろに私の胸にしゃぶりつくと充血して敏感になった乳首に舌を這わせ、吸い、扱き出す。

「きゃ、あっ……！　あ、あん」

たったそれだけでじわっと胸の先から走る愉悦の波に、私はあっけないくらい甘い声を漏らしてビクビクと身を震わせると同時に、意識がお留守になった片足を膝裏から救われて、あっという間に閉じていた足が開かれてしまった。

「あっ！」

咄嗟に手で隠そうとしたけれど、それよりもシグベルドの手が割り込んでくる方が早かった。

彼の指先がそこに触れ、既に泥濘のように入り口を綻ばせて、蜜をしたたらせている様子を知ると、胸元で彼が笑う。

「すごいな。ドロドロだ。何もしなくても、すぐに入ってしまいそうだな。……期待していたか？」

問われてまた顔に熱が昇る。

淫らな自分を暴露されたようで恥ずかしさに肌という肌を真っ赤に染めるけれど、彼の言うように期待していたのは事実だ。

半年ぶりに火を付けられた身体は、自分でも驚くくらいあっけなく燃え上がって発熱している。

「……し、してた……」

「素直だな」

その証拠に私の蜜口はそこに触れるものを奥深くへ導こうと、ひくりひくりとわなないている。

溢れ出た蜜液は既にお尻の下にまでしたたり落ちて、シーツに濡れた染みを広げているようだった。

「そのまま自分で両足を開いていろ。そうだ、閉じるな。もっと深く」

もはや私はシグベルドに言われるがままだ。

自ら両足を抱えるように手を回し、限界まで両足を開いてその奥を彼の眼前に晒す。

恥ずかしくて死んでしまいそうなくらいみっともない格好だと思うのに、その先の期待に逆らうことができない。

そして彼は私のその期待に応えるようにむき出しになった秘裂にゆっくりと硬い皮膚の指先を滑らせ、濡れ襞の形を確かめるように愛撫する。そしてひくつく蜜口へとずぶずぶと二本の指を挿入しながら、同時に上部で膨らみ顔を出した陰核に舌を這わせた。

「ひゃ、ああああんっ！」

指の挿入と舌の愛撫とを同時に行われて私の腰が大きく跳ね上がった。

一気に広がる快感に私の理性が一気に塗りつぶされ、視界にチカチカと星が散る。

意思とは関わらず身もだえ、のたうつように揺れさせる私の腰を押さえ込むように抱えながら、シグベルドは舌全部を使うように執拗に陰核を扱いて吸い、突き立てた指で中の良いところを探り、あっという間に私を頂点へと押し上げた。

「っっく……！」

くるともいくとも訴える暇もなく押し寄せた絶頂を奥歯を噛みしめて耐えるけれど、痙攣するように幾度も跳ね上がる腰は止まらないし、吹きこぼれる蜜の量も増すばかり。

彼の指を咥《くわ》え込んだ私の中は渾身の力で絞り上げ、その後小刻みに震えながら縋り付く。その間私はずっと息を止めていたようで、やっと呼吸を取り戻したのはたっぷり数十秒も経ってからのことだ。

「は……は、はぁ……ん……」

「早いな。そんなにほしかったか？」

ほしい。現在進行形でほしい。

抜き取られる指に未練がましく絡みつきながら、私の中はまだまだ満足していない。

「随分と物欲しそうだ。足りないか」

ぐったりと身を投げ出しながら、肯いた。足りない……指で探られるだけじゃ、全然足りない。

だって私はもっと深いところを奪われる快感と喜びを知っている。

気だるい仕草で視線を彼の腰へと定めた私は、彼の男性の象徴が下穿きを押し上げるように膨らんでいる様を見た。

ゴクリと喉が鳴る。私の視線の先がどこへ向けられているのかを知ったシグベルドは、のろのろと身を起こしてそこへ伸ばす私の手を遮ることはしなかった。

……生地の上から触れたそこは、固さと柔らかさの両方を備えていた。

「っ……」

手の平で上下に擦るように撫でると、彼が一瞬息を詰める。逞しい下腹に力がこもった様に、すっかり理性を失った私は淫蕩に笑うと彼の下穿きに手を掛け……そして引き下げる。

「あっ……」

目の前で頬を叩く勢いで飛び出した赤く黒くそそり立つそれは、凛々《りり》しく精悍な美貌を誇る彼には似つかわしくないほど凶悪で、猛々《たけだけ》しい。

お世辞にも美しいとは言えないけれど、私がそれを両手で包むのを躊躇うことはなかった。

根元から裏筋を擽るように上下に擦り、先端の膨らんだ部分の縁をなぞるように指先を這わせる。

先端の割れ目からにじみ出た先走りの汁を全体にのばすように広げ、たっぷりと唾液を乗せた舌で舐め上げるようにしながら口内に含むと彼の下腹の緊張が強くなった。

「く……は……」

眉間に深い皺を寄せ、下腹を小刻みに震わせながら奥歯を噛《か》み締《し》める彼は、少しは気持ち良いと感じてくれているだろうか。

大きく太いそれを口の中に全部収めることは到底無理だったけれど、苦みのある液体を丹念に舐め取り、手で扱き上げる内に元々大きかったそれがさらに膨らんでくるのが判る。

中のものを吸い出すように先端に強く吸い付いたそれがぶるっと震えさらに膨らむのと、私の肩が押されるのは殆ど同時だった。

「ん」

思わず未練がましい声と共に離れた私の胸に、白濁が散る。

胸のまろみを伝って肌の上を伝い落ちていく青臭い匂いに少しだけ眉を顰めると、溜息交じりの声が聞こえてきた。

「どこで覚えてきた、こんなことを……」

こうした奉仕は初めてで、まだまだ不慣れなそれはお世辞にも上手とは言えないだろうけれど、なんとか彼を興奮させることができたみたいだ。

「私だって、閨《ねや》教育くらい受けています」

これは半分本当で、半分は嘘。受けた閨教育は全て男性にお任せして、大人しくしていなさい。決して拒絶してはなりません、程度のふわっとしたものだ。

だけど前世ではそういった情報は耳年増《みみどしま》になるくらい豊富に溢れている。

シグベルドは私におもむろに水の入ったグラスを差し出すと口をすすぐように命じ、素直にそれに従った後で再び私の手を引いて自分の腰の上に膝立ちのまま跨がらせた。

少しの休憩の間に彼のそこは再び先ほどに劣らぬほどの力を取り戻している。

「あ……」

その先端が私の蜜口に口付けるように触れると、それだけで腰がわなないてしまう。

だけど彼はそのまま私の中に入ってきてはくれない。どうして、と目で訴えるように見つめると、告げられた。

「自分で入れてみろ。それだけ綻んでいればできるだろう?」

視線で促されて、恐る恐る自分で触れてみた私の入り口は、行為が半年以上ご無沙汰していたとは思えないほど柔らかくなっていて充分過ぎるほどに濡れている。

どこかとろりと夢の中にいるような気分で浅い呼吸を繰り返しながら、指でそこを左右に広げた。

自ら秘口を開き、彼自身をもう片方の手で狙いが逸れぬように支える私の仕草を仰向けに横たわった彼が見ていると思えば、より一層濡れる。

「ん、ふ……あぁ……」

二度三度と先端を入り口付近に擦り付け、感じ入った溜息を吐きながら私は泥濘んだそこに咥え込むように腰を落とした。

……本当は、ゆっくりするつもりだった。だって自分で挿れるのはまだ慣れていない。

だけど内側にその先端がずぶずぶと沈み込んでくるのを感じた瞬間、全身の産毛が逆立つような強烈な感覚を前に一気に腰が落ちた。

直後、雄々しい肉槍に女の膣洞全体を擦り立てられ、最奥をずんっと抉るように押し上げられて声が出る。

「あ、あああっ、あぁぁっ‼」

自分のものとは思えない、ひどい声だった。

愛欲と快感に溺れきった濡れた嬌声が部屋中に響き、それはすぐに前後左右にと艶めかしく動き出した腰の接合部から響く、ぬちゃぬちゃとした淫らな音と二重奏を奏でる。

気持ち良い。気持ち良くて堪らない。

もっとたくさん気持ち良くなりたい、もういくところまでいってしまいたい。

そんな欲望が私の腰を大胆に動かす。

自らの腰の上で奥深くまで自身を咥え込みながら、生々しく淫らに身をくねらせる私をシグベルドはどう見ているだろう。ふしだらで快楽に弱い女だと呆れられているだろうか。

でも違う、そうじゃないの。私がこうなるのは、相手があなただから。

そこに、深い気持ちがあるからだ。

「シグベルド……好き……好きなの……大好き……」

以前はキャラクターとして。

でも今は一人の男性として。

この人は私をどこまでも狂わせる。

「愛しているわ……」

半ば浮かされるように訴える私の、揺れる乳房を彼の両手が掴み、限界まで尖りきったその先を摘まんだ。

「んんっ……！」

捻るように引っ張られて痛いくらいのはずなのに、痛みよりもビリビリとした快感の方が強い。

奥深くまで彼を呑み込んだ私の中が、ぎゅうっと渾身の力で絞り上げる。

もう少しで達すると、下腹により一層力がこもったとき、突然腹筋の後からで上体を起こしたシグベルドが、そのまま繋がった状態で私を後ろに倒しのし掛かってきた。

「きゃっ！　あっ、あ、あ、ああっ、んっ！」

派手に腰を振りたくられて、苦しいと思ったのは一瞬だけのこと。

すぐに小さな悲鳴はすぐに色めいた喘ぎに変わる。

とっくの昔に汗まみれになった私たちは互いの肌を擦り合わせるように重ね合い、喉の奥まで暴かれそうな口付けを交わす。

互いの唾液を啜り、舌を絡め、唇に吸い付き、そうしながら大きく膝を抱えられるように広げられた両足の奥では、これ以上は無理というほど深くまで繋がった腰を揺すり立てられた。

「あ、ああっ、いい、気持ちいい、もっと……！」

彼が肌を叩《たた》き合《あ》わせるように奥を突き上げるたび、私は身も世もなく悶《もだ》えて声を上げた。

知らぬうち溢れ出た涙が目尻を伝って髪を濡らす。

体勢は幾度も変わり、そのたびに唇を求め、揺れる乳房を揉まれ、その先端を吸われ、そして腹の奥で繋がり合った。

「オクタヴィア……」

彼がその名を呼ぶたび、私の身体が喜ぶ。

低く艶のある声を聞かされるだけで、私は淫らな女に堕《お》とされる。

快楽に下がった子宮が、彼の先端に吸い付くようで、その入り口さえこじ開けようとするかのように押しつけながら抉られて、私は達する。

強烈に締め上げる私の中で、彼は直接子袋に注ぎ込むように己の白濁を浴びせかけた。

「は……は、はー……はぁ……」

喘ぎすぎて喉は涸れるし、息が上がって苦しい。

それなのに、再び唇を求めてくる彼の口付けを追うように受け入れてしまう。

「ん……」

シグベルドが濡れて顔に貼り付いた私の髪を指で拭うように剥がしてくれた。その優しい手つきに真っ赤に頬を染めながら、嬉しくて笑った私の顔を見て……まだ繋がったままの彼が膨らんだ。

「えっ」

思わず声が出た。喘ぎではなく、困惑に近い。

いくら何でも復活が大分早すぎない？

せめて少し休ませて、と思ったけれど。

「愛している、オクタヴィア」

彼の方も熱で浮かされたような声でそう言われると、途端に強く締まって反応する私の身体はとても素直だ。

両腕を伸ばす。その腕で彼の頭を引き寄せて、再び口付ける。

と同時にゆらゆらと揺らされ始めた腰の律動に身を委ねながら、私は再び喘ぎ、そして訴えた。

「大好き……どうしたらいいか判らないくらい、あなたが好き……」

シグベルドの愛の言葉は少なく、短い。

でも私の訴えに彼が目を細め、今までに見たことがないくらい優しく微笑まれるだけで彼の気持ちが充分に伝わって、私の心を満たす。

きっとこの人はたくさんの愛の言葉は口にはしてくれないだろう。

でもだからこそ、口にする言葉は混じりけのない本心だ。

私はこれから先、何度でも、彼に注がれる以上の愛を返す。

「私をずっと……あなたのそばに置いてね……」

こうして私は、ヴォルテール帝国第十三代皇帝シグベルド・フォン・ヴォルテールの唯一の妃にして皇后として、歴史にその名を刻むのだった。

＊＊＊＊

その男は自分の状況が良く理解できなかった。

ただ、長い長い夢を見ていたような気がする。

夢の内容は思い出せない。でもなぜか涙がひとすじ、ふたすじと溢れて目尻から流れ落ちる。

自分が取り返しのつかない罪を犯した後悔と、大切な何かを失ったような悲しみと、けれどずっと願っていた望みが叶った喜びがない交ぜになるような不思議な心持ちだった。

男の目覚めに気付いたナースが何事かを話しかける。

そのうちに彼の許には幼い子を抱えた若い女が駆け寄ってきて……その姿を目にして、また熱い涙がこぼれ落ちた。

彼は胸の奥に宿る、理由の判らない感情を生涯忘れることはないだろう。

終章　私の生きる場所

晴れ渡る青空を純白の鳥が羽ばたき、横切っていく。

長雨の時期を過ぎて本格的な夏が始まる前の、ごく僅かな今の時期はこのヴォルテール帝国の一年の内でもっとも過ごしやすい季節だろう。

草木は青々しく繁《しげ》り、春から夏の花々が色鮮やかに咲き乱れる庭園は、通りがかった者ならばまず一度は立ち止まってその美しくも爽やかな光景と空気を堪能するところだ。

けれどそんなものに全く目を向けることなく、庭園脇の渡り廊下を足早に歩く人物の姿を見つけて、私は自然と口元を綻ばせながら駆ける足を止めた。

向かう先にいるのは、短く整えた黄金の髪と深紅の宝石のような瞳を持つ、今年三十二の歳を迎えた帝国唯一にして最高の地位に就く、ヴォルテール帝国の若き皇帝であり、私の夫シグベルド一世である。

そして彼の後ろを懸命に追ってくる複数の人物は、隣国との貿易を担当している貴族家の当主と、商人たちだ。

彼らはずんずんと先に進むシグベルドの背に懸命に追いすがっている。

「お、お待ちください、皇帝陛下！　どうか今一度ご再考を、どうか……‼」

彼らがどれほど足を酷使して駆け寄ろうとも、伸ばしたその手が皇帝に触れることはない。

それ以前にその身を守る近衛騎士達によって阻まれるためだ。

今も必要以上に迫ろうとする彼らの前に、鞘に入ったままの剣が左右から交差するように伸びてその行く手を遮る姿が見える。

それ以上進めなくなった彼らはせめて、とばかりにその声を張り上げ、膝をついた。

「どうか、どうかお願いいたします、皇帝陛下、どうかご慈悲を……！」

必死に懇願する彼らの声が哀れみを帯びて聞こえるけれど、彼らにシグベルドは振り返らない。

それ以上皇帝に追いすがるわけにもいかず、これまでか、と貴族と商人たちがゴクリと喉を鳴らし、項垂れた……その時だった。

「見つけた、お母様！」

「おかあさまー！」

最初に聞こえたのは幼い少年の声。そして続くのはさらに幼い少女の声。

私の背後から二人分の幼い子どもの高い声が響く。その声は廊下にいる人達にも届いたようで、これまでどれほど貴族や商人たちに懇願されても立ち止まることのなかったシグベルドが、ピタリと足を止めるとこちらへ目を向けた。

私が近くにいることなど既に彼は気付いていたのだろう。驚いた様子もないシグベルドと目が合うと、私は「ふふっ」と小さく笑って彼の許へ駆け寄り、その胸に飛び込む。

感心なことに私がくる、と理解したとたんに軽く両腕を広げてしっかりと抱き留めてくれた。

「あっ、お父様！」

「おとうさまー！」

続いて二人の子どもたちも息を切らせながら駆け寄ってきて、シグベルドの腰や足に抱きつく。

彼を父と呼ぶ子どもたちは、他の子どもなら一目で悪夢に魘《うな》されるほど泣き出すはずの皇帝の顔を見ても怯えた様子一つなく、父親に会えて嬉しいとばかりに無邪気な笑顔を浮かべていた。

「お父様、お母様がずるいのです、かけっこで本気で走るなんて、おとなげないと思います！」

「ずるいー！」

その父親に今年六歳と四歳になった子どもたちは口々に訴える。

産まれてきたときは「おぎゃあ」としか言えなかったのに随分と口達者になった。

特に上の息子は皇太子教育の効果かしらね。おとなげない、なんて言葉がするっと出てくることに内心感動したのはここだけの話である。

「子どもを相手に何をしているんだ、お前は」

頬を膨らませる子どもたちの抗議を受けてシグベルドが私をやや呆れた眼差しで見下ろす。

確かに子ども相手にかけっこで負かすなんて大人げないと思うけれど、私には私の言い分がある。

「だってあの子たちったら勝負に勝ったら、私を仲間はずれにして今夜はあなたと三人で寝るというのです。大体、あなたにも責任があるんですよ」

「何がだ」

「朝食の時に今日は早くに政務を切り上げるって言ったでしょう。それを聞いた子どもたちが、ならあなたと寝ると言い出したのです。私抜きで！」

子どもたちが父親を慕う姿は微笑ましい。

またどう見ても子どもが得手《えて》とは思えなかったシグベルドも、我が子となれば話が違うのか、意外にも子煩悩な様子で二人を慈しんでいる。

それ自体は大変喜ばしいことなのだけれど、今日に限っては私が邪魔者扱いされるのは納得がいかない。

四人一緒では駄目なのかと訊《き》いたけれど、私はいつもシグベルドと一緒なのだから、今日は三人で寝ると言われて、それならばと賭けをすることにしたのだ。

かけっこに勝った方がシグベルドと一緒に寝る、と。

もちろんハンデは付けた上での勝負なのだから、これは厳正なる勝負だわ。

そう主張して胸を張る私に、シグベルドはやっぱり呆れ顔だ。

私が彼の後ろで立ち去るに去れず、何かを言うこともできずに困った顔で跪いている貴族と商人たちに目を向けたのはこの時である。

「陛下、こちらの方々のお話に今一度お耳を貸して差し上げてくださいません？」

そして告げた私の言葉に彼らは途端に救いを求める眼差しを向け、相対してシグベルドの眉間に深い皺が寄った。

「お前はこの者たちがどのような過ちを犯したか知った上で言っているのか」

「もちろんです。陛下がお怒りになるのは当然のことと思います。このたびの貿易のミスで出た損害は彼らの怠慢によるものでしょうから、罰は必要です。ですがその罰が過剰になってはいけませんわ」

簡単に言えばこの貴族と商人たちは隣国との取引で大きな失敗を犯し、我が国に少なくない損失を与えたのだ。

それ自体はなかったことにできない。シグベルドの怒りはもっともだ。

だけどさすがに彼らの財産全てと身分を取り上げるという手段はやり過ぎである。何より彼らの失敗はまだ一度限りのこと。

「彼らはこれまでに国のために利益を上げてくれたではありませんか。一度の失敗で切り捨ててしまうのは少々厳しすぎると感じますわ。今までの功績に免じて挽回《ばんかい》の機会を与えて差し上げてはいただけませんか。あなたたちもまさか二度も同じ過ちはしないでしょう？」

最後の言葉は貴族と商人たちに向けた言葉だ。彼らは声を出さぬまま、何度も首を縦に振る。

シグベルドは少しの間沈黙したままだった。

だがそれも長くは続かず、眉間の皺はそのままに彼らを一瞥して告げる。

「皇后に免じて罷免することは考え直してやる。だが損失の補填《ほてん》手段、および原因の追及と再発防止案について一週間以内に提出しろ」

「は、はい！　ありがとうございます！　お二人のご慈悲に深く感謝申し上げます……！」

彼らはシグベルドと私に何度も頭を下げた
期待していますよ、という意味を込めて微笑み返したとき、私の身体が、急に彼の腕によって抱え上げられる。何事か、と目をぱちぱちと瞬かせた私を腕に抱いたまま、シグベルドは子どもたちに向けてこう言った。

「お前たち、弟か妹はほしくないか」

「なっ」

「ほしいです！」

「ほしいー！」

「なら今夜は大人しく自分たちの部屋で寝ろ。お前たちの希望を叶えるために、父と母はすべきことがある」

なんてことを言うのだろう、護衛騎士だけでなくまだ先ほどの貴族や商人がそこにいるのに！

瞬時に赤くなって顔を強ばらせた私とは対照的に、子どもたちはぱあっと笑顔を浮かべる。

「判りました！」

「わかったー！」

いつのまにかすぐそこに控えていた子守の侍女と近衛騎士達に皇子と皇女を部屋に連れ戻すよう命

じたシグベルドは、私を抱えたままおもむろに歩き出した、夫婦の私室へと向かって。

「人前でなんてことを言うのですか……！」

その場にいた大人は皆、私たちがこれから何をするのかを理解してしまっただろう。

恥ずかしすぎていたたまれない……！

頬を染めながら抗議する私だけど、シグベルドは少しだけシニカルに笑うだけだ。

ああ、なんて意地が悪い……だけど。

「……大好き」

抗議したその口で、胸の内から溢れる言葉を告げてぎゅっと彼の肩に手を回し抱きしめる。

抱え上げられているせいで互いの顔が近い。ささやきにも似た私の言葉に彼はまた笑い、そして今度は甘く微笑むと、私の唇を塞いだ……自分の、その唇で。

その口付けを恍惚《こうこつ》と受け入れながら、私はしみじみと実感する。

こんな未来が訪れるなんて逃げることを考えていた時は考えてもいなかった。だけど今はもう彼の隣こそが、私の生きる場所だ。

「愛しているわ、あなた」

「知っている」


帝国に、新たな皇族がその産声を上げるのは翌年の春になる。

あとがき

こんにちは、逢矢沙希です。

なんと二作品目を刊行していただけることになりました！

ありがとうございます、また書かせていただけて大変嬉しく思います。

さて、今作のヒーローは悪役のポジションとなりました。

品行方正とは言えないヒーローですが、こういうタイプのヒーローって結構好きだったりします。

本編では最初の内はヒロインを道具扱いしていたり、完全に政略的な婚約でそれ以上の興味はなかったりするけれど、実はそこにはヒーローなりの事情があって、非情にならざるを得ない、とか最高じゃないですか？

一方的な誤解や嫉妬でひどい扱いをされると、多分私の書くヒロインは最後まで反発すると思うのですけども、国のためだったり信念のためにされる扱いなら仕方ないな、とヒロインが割と素直に納得してしまう傾向が強いのは、完全に私の好みだったりします。

今作のシグベルドもまさしくそんな感じですね。

目的のためには冷酷になれる男、でもヒロインとの関係で迷いが生まれ、彼女に対しては少しずつ非情になりきれなくなってくる、とかもう滾りますよね。

そんなヒーローに転生令嬢を掛け合わせてのお話となりました。

現代日本での記憶が蘇ったヒロインなので、普段は貴族令嬢を意識して避ける言葉使いや表現もあったりしますが、転生設定だからこそ書けるタイプのヒロインだと思います。

どうぞ少しでもお楽しみいただけたら嬉しく思います。


担当様、いつも本当にありがとうございます。原稿を提出するたびに今回はどうかな、大丈夫かなとドキドキするのですが、毎回嬉しくなるご感想を返していただけてとても励みになります！

イラストレーター様の敷城こなつ先生、素敵な表紙と挿絵をありがとうございます！

キャラデザやラフを拝見して素晴らしくイケメンなシグベルドや、可愛らしいオクタヴィアの姿に仕事中もにやけ笑いが止まりませんでした！

またデザイナー様、校正様、出版社の皆様、その他この作品に関わってくださいました皆様、そして読者の皆様に心からお礼を申し上げます。

またお会いできますよう、心から願っております。

逢矢 沙希

ガブリエラブックスをお買い上げいただきありがとうございます。
逢矢沙希先生・敷城こなつ先生へのファンレターはこちらへお送りください。

〒110-0016　東京都台東区台東4-27-5（株）メディアソフト
ガブリエラブックス編集部気付　逢矢沙希先生／敷城こなつ先生 宛

gabriella books

MGB-115

悪役好きの転生令嬢はラスボス皇太子との溺愛エンドを目指します

2024年6月15日　第1刷発行

著　者　逢矢沙希《おうやさき》
装　画　敷城《しきじょう》こなつ
発行人　日向晶
発　行　株式会社メディアソフト
〒110-0016
東京都台東区台東4-27-5
TEL：03-5688-7559　FAX：03-5688-3512
https://www.media-soft.biz/
発　売　株式会社三交社
〒110-0015
東京都台東区東上野1-7-15
ヒューリック東上野一丁目ビル３階
TEL：03-5826-4424　FAX：03-5826-4425
https://www.sanko-sha.com/
印　刷　中央精版印刷株式会社
フォーマットデザイン　小石川ふに(deconeco)
装　丁　吉野知栄(CoCo.Design)

ISBN 978-4-8155-4341-9